L'ŒUVRE AU CLAIR

1ÈRE L

Collection dirigée par François-Marie Mourad

Les Liaisons dangereuses

LACLOS

Pouneh Mochiri

Agrégée de Lettres modernes

Univers des Lettres Bordas

www.universdeslettres.com

AVANT-PROPOS

Au sein de l'*Univers des Lettres Bordas*, la collection des études de **L'Œuvre au Clair** cherche à faciliter l'accès aux grandes œuvres du patrimoine littéraire.

Par un juste équilibre entre explication et interprétation, elle allie rigueur de l'analyse et acuité du regard. Animée par des spécialistes, elle propose une aide à la lecture personnelle selon une démarche en trois temps :

CONTEXTUALISER : une présentation des données socio-historiques et biographiques avec lesquelles le texte est en relation.

COMPRENDRE ET INTERPRÉTER : une description et une étude précise des structures, des caractéristiques stylistiques et de la réception de l'œuvre, enrichies d'une analyse plus personnelle des principaux axes thématiques.

LIRE, ÉCRIRE, VOIR : une invitation, dans le cadre de travaux de réflexion et d'écriture, à réinvestir ses connaissances tout en s'appropriant les compétences requises dans un contexte scolaire ou universitaire.

Dans une volonté de faire dialoguer la littérature avec d'autres arts, un **encart iconographique en couleur** permet de diversifier l'approche de l'œuvre en ouvrant de nouvelles perspectives d'analyse.

L'Œuvre au Clair s'adresse aux élèves des lycées, aux étudiants et à tout lecteur soucieux d'éclairer sa lecture des classiques d'hier et d'aujourd'hui. Elle apporte à chacun les connaissances indispensables et ouvre un accès au sens en proposant, sans exclusive, des approches à la fois rigoureuses et suggestives.

SOMMAIRE

PREMIÈRE PARTIE

Contextualiser

1. L'ÉPOQUE 7

2. L'AUTEUR 16

3. L'ŒUVRE 20

DEUXIÈME PARTIE

Comprendre et interpréter

1. LES REPÈRES ESSENTIELS 29

Les avatars du titre 29

Le réseau des personnages 31

Scansions narratives et symbolisme spatio-temporel 35

2. LES GRANDS AXES DE LECTURE 42

Le pacte épistolaire 42

La liaison libertine ou la machine de guerre épistolaire 47

Un projet d'édification ambivalent 66

3. LE TRAVAIL DE L'ÉCRITURE 73

La rhétorique du genre épistolaire 73

L'esthétique dramatique 77

L'écriture pour initiés 80

Les exercices de style 86

4. DESTIN DE L'ŒUVRE ET BILAN CRITIQUE 91
La réhabilitation critique 91
L'image comme lecture seconde 94
Les adaptations scéniques et cinématographiques 96
Les épigones 98

TROISIÈME PARTIE

Lire, écrire, voir

1. SUJETS D'ÉCRITURE 101

2. PISTES DE TRAVAIL 108

3. LECTURE D'IMAGE 118

Annexes

Glossaire 120
Bibliographie 124

L'édition de référence choisie est la suivante : Les Liaisons dangereuses, *éd. Michel Delon, le Livre de Poche, « Classiques », 2002.*

PREMIÈRE PARTIE

Contextualiser

1. L'ÉPOQUE

Le contexte socio-historique

Les Liaisons dangereuses paraissent en 1782, à une période charnière entre les derniers soubresauts de l'Ancien Régime et les années tourmentées de la Révolution française. Laclos lui-même est le fils d'un siècle qui a commencé avec la mort du Roi-Soleil en 1715 et qui s'achève avec la Révolution française. Il est le témoin de deux monarchies de droit divin, d'une monarchie constitutionnelle, d'une République, et connaît, après le coup d'État bonapartiste, le Directoire et le Consulat.

Quelle est la physionomie de la France à la veille de 1789 ? Malgré une relative accalmie économique, soutenue par une politique culturelle de prestige, le régime monarchique de Louis XV (1723-1774), qui a déjà fort à faire à l'intérieur avec les revendications libertaires des philosophes et des protestants, sort affaibli de sa défaite militaire et diplomatique contre les menées de l'Angleterre en Amérique et en Inde. Or les bouleversements historiques sont déjà en germe, portés par les vues nouvelles des Lumières, sans lesquelles il n'y aurait sans doute pas eu la Déclaration des droits de l'homme et du citoyen (26 août 1789), la liberté des cultes et la gratuité de l'enseignement (8 et 19 décembre 1793). Dans ce siècle européen, tous les regards se tournent pour l'heure vers l'Angleterre, qui a donné des hommes tels que Newton et Locke, et dont le système de gouvernement politique fascine les philosophes : la monarchie constitutionnelle leur apparaît en effet comme ce qui permet d'allier les principes républicains et de préserver le pouvoir monarchique auquel nul ne veut encore renoncer. Avec le règne de Louis XVI (1774-1792), on en est très loin, tout comme on est loin de la souveraineté idéale qu'incarne le despotisme éclairé de Catherine de Russie et de Frédéric de Prusse. La crise économique et monétaire que traverse le royaume (participation ruineuse de la France à la guerre d'Indépendance américaine en 1778, banqueroute de l'État, crises agricoles) aggrave les dysfonctionnements de plus en plus patents d'une société disloquée et d'un système paralysé par les barrières rigides érigées entre les classes. La distorsion entre la volonté royale et le mécontentement du peuple affamé par les mauvaises récoltes ne fait qu'ajouter à la crispation politique. Tandis qu'il cède à une noblesse soucieuse de retrouver ses droits seigneuriaux, Louis XVI reste sourd aux aspirations des penseurs éclairés, et ne perçoit pas les exigences de la bourgeoisie, représentées par les députés du tiers état aux États généraux. Les réformes tardent à arriver et les événements révolutionnaires marquent l'aboutissement des attentes déçues : la prise de la Bastille, l'abolition des privilèges, le partage des biens du clergé en seront les premières manifestations.

Le libertinage dont s'imprègne l'univers de Laclos est l'expression ambivalente de cette crise. Certes l'Histoire est oblitérée, ou ne pénètre qu'en sourdine dans *Les Liaisons dangereuses.* La conscience des inégalités sociales, par exemple, n'y affleure que rarement, sauf dans la scène de bienfaisance qui montre la disparité entre l'aisance matérielle du noble au cœur généreux et l'état de dénuement auquel les prélèvements fiscaux réduisent la paysannerie. Cela ne suffit évidemment pas à constituer une défense des opprimés. Ces décalages sont surtout exploités par les illustrations qui mettent l'accent sur les riches intérieurs de la noblesse et les misérables galetas des domestiques (le grenier de la femme de chambre de la présidente ou la soupente d'Azolan). Plus significative en revanche est la peinture de l'aristocratie moribonde. Le paradigme de la théâtralité qui traverse l'ensemble du roman renvoie à cet égard aux codes de civilité d'une société archaïque fondée sur les lois du paraître. La dérive de Mme de Merteuil et surtout de Valmont est bien à l'image d'un courant d'aristocrates désœuvrés, orientés vers la satisfaction de leurs plaisirs égoïstes, mais détachés aussi des valeurs féodales à cause d'un pouvoir absolu et centralisateur. En ce sens, le roman de Laclos montre comment libertinage et philosophie éclairée tendent à se dissocier, après avoir connu pourtant une histoire croisée.

Le contexte culturel : libertinage et philosophie des Lumières

• L'émancipation libertine

De son étymologie latine (*libertinus*, « esclave affranchi »), le mot « libertin » préserve le sens d'une émancipation. Quand cette émancipation se comprend, sans nuance péjorative, comme un rejet des contraintes dans les limites autorisées de la morale, le philosophe des Lumières partage avec le libre penseur du Grand Siècle une même conception matérialiste ou déiste du monde, qu'il soumet à l'examen critique de la pensée. Une filiation se dessine de ce point de vue entre les aristocrates « athées » qui se situent dans le sillage de Théophile de Viau (1590-1626) ou de Cyrano de Bergerac (1619-1655) et les nouveaux pourfendeurs des systèmes dogmatiques. Entre 1745 et 1785, une critique en règle s'élève contre les prétentions de la métaphysique qui tire sa légitimité de la véracité divine. Les mots d'ordre du combat voltairien contre l'intolérance, désignée comme « l'Infâme », ont pour cible première les ratiocinations[1] absconses du sectarisme religieux. Cet obscurantisme transparaît dans *Les Liaisons dangereuses*. On y conteste notamment l'éducation professée dans les couvents qui maintient non seulement les jeunes filles comme

1. Ratiocination : raisonnement interminable.

Cécile dans l'ignorance, mais qui échoue en outre dans son objet premier, aguerrir les âmes innocentes contre les tentations de la chair. La religion, lorsqu'elle ne sert qu'à édicter des règles sociales, lorsqu'elle n'offre en dernier recours qu'une consolation morale, vise davantage à l'aliénation du croyant qu'elle n'exprime un acte de foi désintéressé. Les libertins de Laclos s'insurgent évidemment contre cette hypocrisie, qu'ils mettent d'ailleurs à profit pour servir leurs propres intérêts. Mais ils ne cherchent nullement refuge dans l'épanchement déiste que professent les philosophes éclairés. Passant outre la condamnation judéo-chrétienne des plaisirs corporels, ils prônent une morale sensible qui a cependant peu à voir avec l'idéal rousseauiste de la transparence et de la compassion. La sensibilité se comprend chez eux comme l'exacerbation épidermique de la sensation et de la sexualité, non comme le langage immédiat des cœurs.

• L'esprit de méthode

En revanche, Valmont comme Mme de Merteuil s'approprient le credo rationaliste des Lumières pour le systématiser en une observation rigoureuse de soi et de l'autre. Ils sont représentatifs de ces cercles cultivés épris de progrès scientifiques, qui explorent le champ des connaissances et des expériences humaines selon des méthodes nouvelles et dans une perspective encyclopédique. Grâce aux *Lettres philosophiques* de Voltaire, la pensée de Newton pénètre progressivement en France et détrône la vision cartésienne d'un monde régi par le principe de l'homogénéité de la matière et de l'unicité de la force. Contre les préjugés, contre l'esprit de système, qui ne laisse aucune place au doute, les philosophes soumettent à l'examen méthodique de l'entendement, à cette faculté de la raison qui trouve sa source dans la sensibilité, l'exploration du monde. Entre l'*Histoire naturelle* de Buffon (1749) et le *Traité élémentaire de chimie* de Lavoisier (1789), les publications ne cessent de grossir les volumes de l'*Encyclopédie* de Diderot et d'Alembert (1751-1772). Le discours des deux libertins porte témoignage des évolutions en cours : les métaphores chimiques (« fermentation des idées », « distiller ») et les observations médicales qu'on y relève sont bien un trait du siècle. Le vicomte s'intéresse tout particulièrement à la physiologie, discipline médicale nouvelle en quête des signes corporels. Ses entreprises de séduction rendent compte des états et empires du corps de Cécile : il évoque ses écoulements menstruels qui suspendent leurs rapports sexuels ; il reconnaît à de nombreux indices : « des maux de reins, de violentes coliques, des symptômes moins équivoques encore » que la jeune fille fait une fausse couche (CXL). En bon praticien surtout, il sait décrypter les manifestations physiques que produisent chez Mme de Tourvel les ravages de l'amour : alors qu'elle est alitée pour échapper à ses poursuites, il tâte son pouls, démasquant à la fois sa fièvre simulée et son émotion véritable (XXV). Plus tard, il répertorie les défaillances de la présidente en proie au désir : altérations de la voix, aphonie, contractions des muscles, tremblements, convulsions, tous les symptômes sont notés en un scrupuleux tableau clinique (CXXV et CXXV). Du reste, tous les personnages jouent aux apprentis médecins. Mme de Rosemonde, par exemple, se plaint de la « misanthropie » de son neveu qu'elle attribue à une forme de « manie », au sens psychiatrique du terme (CXXII). Elle ne fait que répondre en cela au diagnostic alarmiste de Mme de Tourvel qui voyait déjà dans la léthargie de Valmont, dans sa « mélancolie et [son] dégoût du monde [...] des symptômes avant-coureurs de quelque maladie grave » (CXIV).

L'observation médicale n'est qu'un aspect de la science de l'homme qui doit permettre une meilleure connaissance de la nature humaine. En effet, l'individu rationnel et raisonnable du XVIIIe siècle entend agir en connaissance de cause, avec une maîtrise consciente de l'autre, du monde et de soi. La démarche fondamentalement contestataire n'est pas seulement intellectuelle, elle doit aboutir à une morale de l'action bien comprise. Sur les décombres du droit divin et sur fond de nostalgie d'un état de nature irrémédiablement enfoui, les philosophes travaillent au progrès de l'homme social et naturel. Rousseau le juge « perfectible » grâce aux apports de la pédagogie *(Émile ou de l'Éducation)* et pleinement accompli grâce au « contrat social » qui fédère les droits naturels et les rend conformes à la « volonté générale ». La liberté est soumission aux lois civiles pour Montesquieu (*De l'esprit des lois*), c'est à ce prix que se fait la conquête empirique du bonheur, individuel et collectif.

Évidemment, il n'y a nulle trace de cette éthique du respect de la personne chez les « esprits forts » que met en scène Laclos. Ils héritent certes de l'esprit d'observation du siècle, mais ils en limitent l'application au champ de l'analyse psychologique, pour scruter l'intériorité de l'autre et, à l'inverse, se soustraire au regard extérieur. C'est notamment le cas de Mme de Merteuil qui s'est bâtie à la force du poignet, substituant au privilège de la naissance la morale du mérite individuel. Mais l'on serait bien en peine de rechercher dans son projet de vengeance les prémices d'un combat féministe et dans l'affirmation de soi les ferments d'une idéologie révolutionnaire au service du bien public. Du libertinage simplement provocateur que développe une frange de la jeunesse de cour dans les années 1620, les nouveaux libertins conservent au contraire la posture élitiste de celui qui considère le vulgaire avec une morgue consommée. Leur machiavélisme n'est plus de nature politique, comme celui de leurs prédécesseurs, mais se fonde sur le refus des règles instituées, élevé en un plaisir de la profanation morale qui renoue avec l'acception injurieuse du terme au XVIe siècle. Chez la marquise comme chez son acolyte, les préceptes des Lumières sont dévoyés à des fins de domination tyrannique : leurs revendications libertaires nourrissent une volonté de transgression, où chacun œuvre sans limites pour son propre plaisir, au mépris d'autrui. Par leur prédilection affichée pour la dépravation des mœurs et leur impiété caractérisée – même si Valmont meurt en croyant – les libertins des *Liaisons dangereuses* sont représentatifs des mutations que connaît le libertinage prérévolutionnaire, caractérisé par une attitude de sédition radicale.

Le contexte littéraire : un siècle de débats

Le questionnement philosophique est la marque d'un siècle épris de débat. Les lieux de sociabilité se multiplient et constituent des aires de liberté relative propices à l'épanouissement des théories nouvelles. Les salons féminins tout d'abord, en particulier ceux de Mesdames de Lambert et de Tencin, sont le creuset d'une mondanité raffinée : la conversation, à laquelle prennent part les gens de cour et les gens de lettres, n'est plus une aimable causerie destinée au divertissement des bonnes âmes. Roturiers et aristocrates y confrontent leurs idées et des écrivains comme Voltaire et Fontenelle y éprouvent leur pensée. Une autre forme d'urbanité se développe dans le cadre des cafés, autour du jeu et de la discussion. Les savants et les philosophes s'y retrouvent pour débattre des arts ou de politique. Le Procope compte parmi ses habitués des hôtes de marque, acteurs aussi bien qu'écrivains. Rousseau et Diderot fréquentent assidûment le café de la Régence, place du Palais-Royal. C'est d'ailleurs dans ce lieu de rencontre entre les joueurs d'échecs les plus réputés que le philosophe et le personnage éponyme du *Neveu de Rameau* conversent à bâtons rompus. À côté des sociétés de pensée et des loges maçonniques, les journaux offrent également une tribune aux divers débats d'opinions, certains, comme le *Journal de Trévoux*, faisant office de bastion de résistance à la propagation des idées nouvelles.

• L'émancipation des écrivains

C'est dans ce contexte d'effervescence culturelle que la littérature renouvelle ses formes. L'essor de la production littéraire et scientifique répond à la volonté de diffuser le savoir : l'*Encyclopédie* est ainsi vendue à quatre mille exemplaires ; les romans suivent le même chemin. Certains hommes de lettres jouissent même d'une relative autonomie et voient leur position consolidée grâce à la reconnaissance de la propriété littéraire (définie par un arrêt de 1749) : ils ont désormais un droit de regard sur leur œuvre et ils perçoivent une rémunération. Mais ils restent une minorité. Excepté une poignée d'élus qui, comme Voltaire, accèdent à la très honorifique charge d'historiographe du roi, rares sont ceux que le mécénat met à l'abri du besoin. La plupart doivent subvenir à leurs moyens d'existence en exerçant divers petits métiers : Rousseau en mentionne quelques-uns dans ses *Confessions*, lui qui fut tour à tour apprenti graveur, laquais, musicien, secrétaire. Outre sa carrière dans l'armée, Laclos lui-même avait des activités parallèles de journaliste. Si les écrivains bénéficient d'une relative protection juridique, la liberté de leur plume peut les conduire en prison : Voltaire et Diderot, qui ont pourtant le soutien respectif de Frédéric de Prusse et de Catherine de Russie, seront emprisonnés, le premier à la Bastille, le second à Vincennes. La censure est encore bien réelle : elle sera certes brièvement abolie pendant les premières années de la Révolution, mais rétablie sous la Terreur.

• Contourner la censure

Pour se faire entendre sans être muselé, l'écrivain doit trouver d'autres voies de recours. Les ouvrages qui n'obtiennent pas le privilège royal paraissent souvent à l'étranger, dans les villes européennes qui furent pour certaines, comme Francfort et Bâle, de grands centres d'imprimerie. *Les Liaisons dangereuses* sont ainsi éditées à Londres et à Genève et ce n'est sans doute pas un hasard si, à la fin du roman, Mme de Merteuil s'abrite en Hollande, pays réputé pour sa liberté de publication. Dans la période prérévolutionnaire, l'esprit de révolte s'exprime dans des genres littéraires qui combinent habilement la dénonciation et le divertissement plaisant. Sous couvert de fiction inoffensive, les contes philosophiques de Voltaire *(Candide, Zadig, Micromégas)* passent au scalpel les mœurs dites évoluées des sociétés occidentales. Que ce soit par le regard de la naïveté ou celui de l'exil intérieur (*Les Lettres persanes* de Montesquieu), que ce soit à travers le mythe du bon sauvage d'Amérique ou de Tahiti, il s'agit de faire pièce à l'ethnocentrisme qui a souvent pour fondement le fanatisme religieux et le despotisme politique. Dans une société ouverte aux échanges d'opinions, il n'est pas étonnant que la forme dialoguée se décline à tous les genres : essai philosophique, théâtre, roman épistolaire, autant de genres distincts qui pratiquent le naturel de la conversation et exploitent avec brio les ressources de l'écriture ironique. Face à un art académique au service du pouvoir révolutionnaire et dont la mission est d'exalter la Vertu chère aux Latins, les innovations formelles se conjuguent avec une vision réformiste : le drame bourgeois détrône pour un temps le personnel noble de la tragédie classique et correspond au goût d'un public amateur de théâtre, pour lequel on construit des salles nouvelles. On en note la présence dans *Les Liaisons dangereuses* qui sacrifient pourtant peu à la description des lieux. Les comédies de Beaumarchais, en particulier *Le Mariage de Figaro* (1784), font entendre des revendications égalitaires dont la force corrosive annonce l'élan révolutionnaire de 1789. L'utopie du XVIIIe siècle se caractérise elle aussi par une idéologie progressiste : les œuvres de Restif de la Bretonne, qui donnent la parole au peuple, en fournissent une illustration étonnante, par leur mélange de nostalgie idéaliste et de réalisme social. Cette liberté de ton prend cependant des allures plus sombres et s'inverse en un libertinage irréfrénable que le roman de Laclos s'emploie à dénoncer et que Sade exploite en un épanchement paroxystique.

2. L'AUTEUR

Les critiques insistent tous sur le décalage étonnant entre *Les Liaisons dangereuses*, seul roman achevé de l'auteur, et la personnalité d'un homme qui fut général d'artillerie et époux fidèle. Cette distorsion paradoxale suffirait presque à dissiper, ou du moins à compenser, l'absence d'éclat que laisse transparaître la vie de Choderlos de Laclos.

Les premières armes

Des années qui précèdent *Les Liaisons dangereuses*, il y a fort peu à dire. Né le 18 octobre 1741 à Amiens, dans une famille bourgeoise qui s'est efforcée d'acquérir patiemment ses titres de noblesse dans l'administration royale, Pierre Ambroise Choderlos de Laclos embrasse une carrière dans l'armée. Ses origines sociales ne lui laissent pas espérer d'autres corps que celui de l'artillerie. Après sa formation à l'école militaire de La Fère, il accède au grade de sous-lieutenant et, dans une France acquise à la paix depuis le traité de Paris de 1763 (fin de la guerre de Sept Ans), il mène une terne vie de garnison. Les villes se succèdent : Toul, Strasbourg, Grenoble, source d'inspiration possible des *Liaisons dangereuses* d'après Stendhal, puis Besançon et Valence. De cette période datent les premières tentatives littéraires dont la liberté de ton, en décalage par rapport à la personnalité sociale de Laclos, surprend déjà. Épîtres, pièces de vers galantes *(Les Désirs contrariés, Les Souvenirs)*, contes licencieux *(La Procession, Le Bon Choix)* constituent une première moisson que recueille essentiellement l'*Almanach des Muses*. Ces pauses récréatives permettent sans doute au futur capitaine de s'essayer à l'écriture mondaine avant de donner naissance à son grand œuvre.

En 1779, Laclos est envoyé à l'île d'Aix, où il a la charge de surveiller la construction des fortifications armées contre les menées britanniques. Entre ses responsabilités d'insulaire et les congés qu'il prend à Paris, il travaille au projet des *Liaisons dangereuses.* Le roman paraît enfin en avril 1782, après trois années de gestation. Contrairement à l'échec immédiat qui sanctionne en 1777 la représentation d'*Ernestine*, opéra-comique tiré d'une nouvelle de Mme Riccoboni, le succès est fulgurant et le scandale tout aussi retentissant : les deux mille exemplaires de la première édition sont vite épuisés et deux mille autres sont aussitôt sous presse. Suit une brève parenthèse d'accalmie et de routine à La Rochelle où Laclos reprend du service à l'arsenal. C'est là qu'il rencontre Marie-Soulange Duperré, dont il a un premier fils, puis deux autres enfants, nés après leur mariage en 1786. La correspondance qu'il entretient avec son épouse laisse deviner une félicité conjugale dont on ne voit nulle part le rappel, fût-il discret, dans son roman épistolaire.

Un essayiste virulent

En 1783, Laclos entreprend de répondre à un sujet de concours proposé par l'Académie de Châlons-sur-Marne sur l'éducation des femmes. Il en résulte trois essais inachevés réunis, à l'initiative de ses éditeurs, sous le titre *De l'éducation des femmes.* Influencé par le pessimisme rousseauiste du *Discours sur l'inégalité*, Laclos constate qu'à moins de réformer une société foncièrement tyrannique, la femme ne peut guère espérer se défaire de ses chaînes. Ses vues progressistes témoignent d'un féminisme qui s'est déjà exprimé par bribes dans la lettre autobiographique de Mme de Merteuil et qui aboutit plus tardivement à quelques propositions concrètes sur l'émancipation de la femme. Entre-temps, et toujours sous l'autorité de Rousseau, l'essayiste flirte avec le critique littéraire : dans un article du *Mercure de France* paru en 1784, il rend hommage au roman de Fanny Burney, *Cécilia ou les Mémoires d'une héritière.*

Après ces menus essais, où la rhétorique* critique s'exprime encore avec modération, il publie en 1786 la *Lettre à Messieurs*

* Les définitions des mots suivis d'un astérisque figurent pages 120 à 123.

de l'Académie française sur l'éloge de M. de Vauban. En guise d'éloge, il dénigre sans ambages les fortifications conçues par Vauban, et avec d'autant plus d'éloquence qu'il domine parfaitement son sujet. Ce morceau de bravoure provoque un nouveau scandale qui lui vaut, sur décision du ministre, d'être muté à Metz. En 1788, Laclos met lui-même fin à sa carrière militaire.

L'opportunisme politique

Le retour à la vie civile est marqué par un engagement révolutionnaire qui éclipse presque entièrement les activités littéraires de Laclos. Partisan de la monarchie constitutionnelle, il se rallie d'abord au duc d'Orléans qui l'emploie en tant que « secrétaire des commandements ». Accusé d'être l'instigateur des journées d'émeute d'octobre 1789, il suivra son protecteur à Londres. L'échec de Varennes met fin à cette alliance et Laclos s'engage sous la bannière des jacobins, avant de se rallier à la République. En 1792, sous la protection de Danton cette fois, il occupe la fonction militaire de commissaire du pouvoir exécutif. Il est promu chef d'état-major de l'armée des Pyrénées. Mais la trêve est de courte durée. Laclos est arrêté à plusieurs reprises sous la Terreur et emprisonné pour ses anciennes sympathies orléanistes. Il échappe de peu à la guillotine en 1794 et est nommé conservateur des hypothèques.

Durant toute cette dernière période, à part quelques recensions (*Observations sur le Fils naturel de Lacretelle aîné* ou compte rendu de *La Vie privée du maréchal de Richelieu, contenant ses amours et intrigues*), Laclos met sa plume au service des causes idéologiques qu'il défend successivement. Il développe ses propositions de réformes dans les *Instructions aux bailliages* (1789) et dans le *Journal des amis de la Constitution* (1790-1791) ; il prend fait et cause pour la régence du duc dans l'*Exposé de la conduite de M. le duc d'Orléans dans la Révolution de France* (1790) ; il commet enfin un article intitulé *De la guerre et de la paix* (1794), pour le compte du gouvernement révolutionnaire. Ses prises de position et ses revirements politiques, même s'ils sont sous-tendus par un souci constant de justice, expliquent peut-être l'ambiguïté des *Liaisons dangereuses* quant à leur vision du monde.

La vie de Laclos s'achève comme elle avait commencé, dans l'armée. Embrassant le parti de Bonaparte, auquel il prête main-forte pour le coup d'État du 18-Brumaire 1799, il est réintégré l'année suivante en tant que général de brigade à l'armée du Rhin, puis est envoyé en Italie. C'est à Naples, où il est commandant de l'artillerie française, puis à Tarente, qu'il vit ses derniers jours, avant de s'éteindre le 5 septembre 1803 des suites de la dysenterie. Ainsi, à s'en tenir à ce survol biographique, il apparaît que Laclos est devenu romancier sur le tard et par accident. L'écriture, par laquelle pourtant vinrent les scandales, n'apparaît que comme une parenthèse et son plus grand succès comme un épiphénomène dans le cours de sa propre existence.

3. L'ŒUVRE

On interrogera justement la libre existence de cette œuvre à succès qui échapperait presque à la volonté de son auteur. Des zones d'ombre subsistent quant aux conditions de composition de l'œuvre : inspiration essentiellement livresque ? Roman à clés, inspiré de personnes réelles ? Part de l'expérience personnelle ? Projection fantasmatique des aspirations tour à tour révolutionnaires, féministes et moralistes de Laclos ? Il est significatif que le roman ne se laisse enfermer dans aucune grille interprétative, bien que satisfaisant aux hypothèses de lecture que chacune suggère. Ce roman unique est d'autant plus troublant que Laclos ne produit rien de significatif avant 1782, que ses premiers essais ne laissaient présager en rien un tel aboutissement et qu'enfin la critique génétique[1] ne délivre que fort peu d'enseignement. La postérité des *Liaisons dangereuses* est donc sans commune mesure avec la genèse de l'œuvre qui, si l'on excepte l'étude des sources et des clés, semble surgir *ex nihilo*.

Un roman à clés ?

La polémique qui s'engage à la parution des *Liaisons dangereuses* en dit moins sur les intentions de Laclos que sur la réception du roman libertin. Les témoignages contemporains, relayés par les recherches ultérieures, s'accordent pour y voir un roman à clés. On y lit notamment la transposition de figures grenobloises célèbres, thèse à laquelle Stendhal apportera sa caution. Les mémoires du comte de Tilly rapportent, pour commencer, les confidences de Laclos au sujet de ses sources : l'écrivain lui présente son roman épistolaire comme un creuset où se fondent des « parties hétérogènes », des modèles réels, des types littéraires, des fragments autobiographiques. Son Valmont aurait ainsi les traits d'un de ses amis, réputé pour ses aventures fémi-

1. Critique génétique : critique en relation avec la genèse du texte (étude des manuscrits, des témoignages, etc.).

nines et parent pauvre de Lovelace ; l'histoire de Prévan est attestée, survenue en son temps à un certain « M. Rochech..., officier supérieur des mousquetaires ». Il est à noter cependant que si Laclos reconnaît à ses personnages quelques modèles, il revendique la paternité de sa sublime Tourvel dont l'invention lui revient pleinement. Quant à la figure de Mme de Merteuil, qui intrigue plus qu'aucune autre, elle serait la pâle copie d'une marquise de L.T.D.P.M., rencontrée à Grenoble. Le comte d'Agoult reproche d'ailleurs à Laclos de s'être inspiré de sa tante, Mme de Montmaur, grande personnalité grenobloise que l'« imagination pervertie » du romancier travestirait de manière éhontée en une libertine notoire. En réalité, l'épreuve des faits exclut cette clé et Mme de Merteuil pourrait fort bien être la marquise de La Tour du Pin-Montauban. Ainsi, pour l'écrivain, qui rêvait d'un ouvrage qui fît du bruit, « et qui retentît encore sur la terre quand j'y aurai passé », le premier scandale est celui de l'établissement des clés. L'identification des personnages coûte que coûte n'est pas un réflexe critique anodin, mais procède sans doute de la volonté de les ramener dans la sphère du familier et de neutraliser ainsi leur pouvoir de subversion. Dans une lettre à Mme Riccoboni, datée d'avril 1782, Laclos tranche le débat par une fin de non-recevoir, sans récuser pour autant l'existence de sa marquise. Dans cette même lettre, il désavoue la dimension satirique à laquelle on voudrait réduire *Les Liaisons dangereuses* : il n'était pas dans son intention, écrit-il, de faire un « libelle ». Il répond du même coup à ceux qui déchiffrent le roman des roués[1] à la lumière d'un projet de vengeance, ou de compensation du moins : l'artilleur petit noble réglerait ses comptes avec la haute aristocratie qui lui barre la route et dont il a côtoyé certains spécimens dans la société grenobloise. L'onde de choc que produit le libertinage de tête est ainsi atténuée et son caractère scandaleux attribué au projet idéologique de l'auteur. Une telle lecture, pour réductrice

1. Le terme de *rouerie* date de la Régence. Selon Saint-Simon, c'est ainsi que le duc d'Orléans désignait ses compagnons de débauche.

qu'elle soit, n'en rappelle pas moins le contexte prérévolutionnaire dans lequel s'inscrit le livre. Elle confirme notamment la perception du déclin nobiliaire par ceux qui en sont contemporains et indique que le roman de Laclos, sans avoir nécessairement l'envergure d'un pamphlet, reflète les crispations sociales qui feront le lit de 1789.

Les éclairages latéraux

Les éléments de réponse que fournissent les clés sont bien trop parcellaires pour que l'on s'en contente. On peut se tourner alors vers l'étude des sources, à commencer par les premières œuvres de l'auteur. Or, à part quelques épîtres* versifiées et une adaptation théâtrale, Laclos ne laisse que fort peu de traces susceptibles d'apporter un éclairage pertinent et substantiel aux *Liaisons dangereuses*. Les pièces de circonstance, qui sacrifient aisément au badinage élégiaque ou satirique, montrent que le militaire maîtrise les rudiments du code mondain. À défaut d'annoncer des motifs structurants, elles préfigurent un ton que les deux roués exploitent plus qu'à leur tour dans les lettres. Quant à l'adaptation scénique d'*Ernestine*, elle dit la prédilection de Laclos pour la forme théâtrale qui recueille si souvent les faveurs du couple libertin dans leurs récits épistolaires. Le dénouement heureux de ce petit roman permet de saisir en outre, comme dans un miroir inversé, toute l'ambiguïté des *Liaisons dangereuses* : la jeune fille pauvre, séduite par un marquis libertin, voit sa vertu récompensée par un mariage d'amour, la régulation matrimoniale sanctionnant le retour à l'ordre social. Voilà pour ces bribes d'écriture. Plus significatifs en revanche sont les écrits « féministes », postérieurs à la publication des *Liaisons dangereuses*, qui complètent les portraits de femmes du roman d'une dimension théorique. Laclos, laissant libre cours à son pessimisme, s'indigne de l'état d'esclavage dans lequel la société maintient le sexe faible. Pour mettre un terme à cette injustice, il exhorte les femmes à se révolter par « une grande révolution ». Ces propos donnent une tout autre profondeur aux méfaits qu'engendre l'éducation cloîtrée de Cécile et à la portée des déclarations viriles de Mme de Merteuil. Les voies de libération proposées par l'essayiste sont étonnamment proches des stratégies qu'il prête, en tant que romancier, à la marquise : comme la rouée, les femmes qui veulent s'émanciper n'ont d'autre recours contre la force que la séduction et le plaisir pour maintenir les hommes sous leur coupe ; solution moins radicale, elles peuvent combattre leur ignorance grâce à un programme de lectures soigneusement sélectionné.

Laclos, critique littéraire

Qu'ils s'appliquent au genre romanesque, au genre théâtral ou aux mémoires historiques, les commentaires de Laclos sur les œuvres de ses contemporains fourmillent d'indications ténues. Deux constantes s'en dégagent : une dénonciation idéologique, sous-tendue par des ambitions révolutionnaires, et une conception morale de la littérature. On note ainsi des effets de convergence entre les aspirations sociales du romancier, qui s'emploie à dénoncer avec une constance égale les débauches aristocratiques, et les revendications scandaleuses de ses libertins : la nature du propos diffère certes, mais la virulence contestataire est comparable à bien des égards. L'analyse que Laclos produit sur les mémoires du maréchal de Richelieu, libertin notoire du temps de la Régence, achève la peinture au vitriol de cette noblesse « fin de race ». La satire y est assortie d'un discours apologétique[1] en faveur de la Révolution : les frasques des aristocrates en rupture de ban donnent raison en effet au combat révolutionnaire pour la liberté et font espérer en la restauration morale. Les observations de Laclos trahissent la vision sans complaisance des grands seigneurs déchus qui ne se livrent pas d'autre guerre que celle d'une misérable « gloire d'alcôve », selon l'expression de Michel Butor[2]. On pense évidemment aux

1. Apologétique : qui a un caractère de défense et de justification.
2. Michel Butor, « Sur *Les Liaisons dangereuses* », *Répertoire II*, Paris, Éditions de Minuit, 1964.

batailles dérisoires de Valmont, éliminé en dernier ressort par un blanc-bec dans un duel peu glorieux. L'extinction du corps social passe par le non-renouvellement des générations, décimées qui plus est par les maladies vénériennes : non seulement le vicomte s'éteint dans la force de l'âge, mais il ne laisse pas d'héritier, sinon un bâtard, avorté de surcroît ; la petite vérole qui frappe Mme de Merteuil au visage touche aussi ses facultés de procréation. Dans un genre très différent, le compte rendu du « roman théâtral » de Lacretelle relate les signes avant-coureurs de la Révolution. Laclos y défend aussi, comme dans sa correspondance avec Mme Riccoboni, « le droit du moraliste », manière implicite de justifier peut-être le dénouement si problématique des *Liaisons dangereuses* : la leçon du romancier ou du dramaturge, écrit-il, sera d'autant plus efficace que le projet d'édification est porté par une peinture individuelle.

Les sources

Si rien n'annonçait *Les Liaisons dangereuses* dans la production propre de Laclos, l'œuvre est en revanche à la croisée de deux genres éprouvés, le roman par lettres et le roman libertin. En effet, à l'heure où Laclos écrit, la forme épistolaire n'a rien de très original : le genre est à la mode depuis près d'un siècle, lorsque paraissent, sans nom d'auteur, les *Lettres portugaises* du comte de Guilleragues (1669). Le recueil, qui connaît un succès florissant, contient cinq lettres fictives : ces fragments d'une correspondance amoureuse entre une religieuse portugaise et un gentilhomme français sont d'emblée perçus, du fait de la lettre valant document, comme une authentique confession. Cet effet d'accréditation, que renforce la fiction du manuscrit trouvé et édité sans modifications notables, constituera la loi du genre. Autre constante : la distance du différé – entre l'événement et son récit, entre l'intention première de l'émetteur* et l'effet produit sur le destinataire – induit une distance critique et analytique. Avec les *Lettres persanes* (1721), Montesquieu reprend le flambeau en étoffant le canevas narratif de son prédécesseur :

il substitue aux lettres laissées sans réponse et à la voix entêtée de la plainte passionnelle une multiplicité d'épistoliers, ce qui induit une variété de styles. Au siècle de la raison critique, le genre triomphe en Europe : Goethe en Allemagne *(Werther)*, Samuel Richardson en Angleterre (*Clarissa Harlowe*, 1747-1748, adapté en français par l'abbé Prévost en 1751) et, en France, Mme Riccoboni *(Lettres de Fanny Butlerd)*, Crébillon *(Lettres de la Marquise de M*** au Comte de R***)* et quelques autres lui donnent ses lettres de noblesse. Le roman épistolaire se fraye un chemin entre la correspondance, tissée d'observations morales et politiques, et l'épître* intime, à coloration sentimentale, modelée sur l'idéal de la conversation privée, dont les *Lettres* (1726) de Mme de Sévigné fournissent un modèle mondain. Il trouve son accomplissement formel et narratif dans le dernier tiers du siècle avec les romans de Laclos et de Rousseau, dans deux veines distinctes : dans *Julie ou La Nouvelle Héloïse* (1761), le support de la lettre est le lieu où s'épanche la morale sensible du philosophe, et dans *Les Liaisons dangereuses* celui où se coule parfaitement le froid cynisme du libertinage. Dans les deux cas, le plaisir du lecteur réside dans l'art de la variation que Laclos, avec les jeux croisés de points de vue, conduit cependant à une véritable polyphonie*. S'emparant de la formule de Montesquieu, il agence les lettres en fonction de leur date de réception : l'ordre adopté tient compte des délais d'acheminement et privilégie ainsi l'acte de lecture.

• La tradition du roman libertin

Les Liaisons dangereuses se réclament également de la tradition du roman libertin. La prégnance du modèle théâtral et romanesque dessine une continuité entre le libre penseur du siècle des Lumières et son homologue classique. Laclos revendique du reste cette filiation et s'autorise de Molière pour justifier la composition de ses personnages. Il y a en effet du Tartuffe et du Dom Juan chez Valmont, passé lui aussi maître dans l'art de l'imposture et de la séduction subversive. Mais dans un univers déchristianisé, qui ne se comprend plus par référence à Dieu, le libertin s'inscrit surtout dans la lignée du Versac de Crébillon (*Les Égarements du cœur et de l'esprit*, 1735) et du Lovelace de Richardson : tous scélérats par calcul, tous hommes « à principes », ils parviennent à leurs fins grâce à la conquête amoureuse, en actionnant le levier du jeu mondain et de l'indiscrétion. La spécialisation péjorative du terme « libertinage » est entérinée par l'exploitation romanesque qu'en font les auteurs du XVIIIe siècle : avec Crébillon fils (1707-1777), le roué devient un type littéraire dont la conduite se règle en fonction de situations codées et de schémas invariants. La recette fait mouche : malgré une éclipse éphémère, le roman libertin compte de nombreux épigones[1] jusque dans les années 1750. Il se teinte d'une coloration morale avec *Les Confessions du comte de* ***... (1741) de Charles Duclos ; Claude-Joseph Dorat (1734-1780) lui donne un infléchissement philosophique avec *Les Malheurs de l'inconstance* (1772) dont le personnage principal, duc de son état, est un « scélérat méthodique », selon les propres termes de l'auteur.

• L'apport de Laclos

Lorsque Laclos récupère l'héritage de Crébillon fils, et avant que le marquis de Sade n'en exploite l'envers noir, le genre s'est passablement sclérosé ; il est à la veille de sombrer dans la parodie. Le romancier lui offre, avant son déclin définitif, un second souffle. Par leur ambiguïté et leur complexité structurelle, *Les Liaisons dangereuses* sont ce chant du cygne incandescent. Alors que le libertinage est souvent l'apanage des hommes, Laclos imagine un libertinage à deux têtes, dont les postulats se radicalisent et dont l'enjeu acquiert une plus haute cruauté. Les intérêts de la marquise et du vicomte sont inextricablement liés et ne se laissent pas enfermer dans la traditionnelle querelle des sexes. De manière similaire, le dispositif à deux voix qui prévalait chez Richardson – l'échange entre Clarissa et sa confidente

1. Épigone : successeur, imitateur.

d'une part et l'échange entre Lovelace et ses amis – et l'opposition tranchée entre la résistance vertueuse de la victime et l'impétueux et victorieux désir de son séducteur, laissent place chez Laclos à des relations d'une plus grande subtilité dialectique. Le tour de force des *Liaisons dangereuses* est de faire coïncider le roman libertin et le roman par lettres, de faire de l'économie épistolaire le fondement nécessaire de la stratégie scélérate. La lettre tend en effet à abolir la distance dans le même temps qu'elle la maintient car elle est la condition même du désir ; elle transgresse par ailleurs l'ordre social, non seulement parce qu'elle se substitue à la relation interdite, mais surtout parce qu'elle porte le scandale sur la place publique.

• La mise à distance des sources

Enfin, *Les Liaisons dangereuses* marquent le point d'aboutissement du genre par l'imitation différentielle qui les caractérise. Laclos s'inscrit dans une famille littéraire dont il cite les membres au détour de plusieurs lettres. La référence à Rousseau, dont la figure est placée au fronton de l'œuvre avec l'épigraphe*, affleure presque constamment à chaque page. Il ne faut toutefois pas se laisser prendre à cette intertextualité affichée. Laclos incorpore ostensiblement ses sources, comme pour mieux s'en défaire : la mise en abyme* opère à la manière d'une mise à distance. Ainsi, les libertins se recommandent souvent de *La Nouvelle Héloïse*, non sans dévoyer la pureté des sentiments que son auteur avait voulu y mettre. Mais ils ne sont pas non plus les caricatures grotesques ou les doubles dégradés des modèles prestigieux. La subversion dépasse en ce sens le projet de réécriture parodique : dans la distance consommée avec les références obligées se lit peut-être l'esquisse d'un nouveau libertinage d'essence tragique, thématisé par le personnage de la présidente. L'héroïne de Laclos incarne le pôle vertueux des *Liaisons dangereuses* et pourtant elle se démarque des parangons[1] de vertu qui

---

1. Parangon : modèle.

l'ont précédée. Elle n'a en effet ni l'abnégation de la princesse de Clèves, ni le puritanisme rigide de Clarissa, ni la volonté d'accomplissement exemplaire et de dépassement de soi qui caractérise Julie d'Étanges. Ainsi, malgré leur finalité morale, *Les Liaisons dangereuses* s'écartent nettement des œuvres édifiantes comme le roman épistolaire de Philippe-Louis Gérard, *Le Comte de Valmont ou les Égarements de la raison* (1774), auquel le vicomte des *Liaisons* emprunte son nom. En outre, le projet inabouti d'un roman exaltant l'idéal domestique, où Laclos, comme il l'écrit à sa femme en 1801, voulait démontrer « cette vérité *qu'il n'existe de bonheur que dans la famille* », accroît d'autant la difficulté d'analyser le premier volet de ce diptyque. Sans leur versant moral, qui aurait peut-être permis au romancier de réaliser la veine rousseauiste qui lui est si chère, *Les Liaisons dangereuses* gagnent sans doute en richesse interprétative.

DEUXIÈME PARTIE

Comprendre et interpréter

1. LES REPÈRES ESSENTIELS

Les avatars du titre

• Le danger des liaisons

Le premier titre, initialement prévu par Laclos, *Le Danger des liaisons*, affichait sans doute davantage le souci d'édification. L'emploi du singulier et d'un terme abstrait affecté d'une majuscule affirmait d'emblée avec force le caractère nocif des liaisons. La transformation du substantif en adjectif atténue considérablement la portée de la mise en garde morale, sans y renoncer tout à fait. Ainsi, le sous-titre indique que les lettres ont été publiées « pour l'instruction de quelques autres ». Cet habillage moral est une concession nécessaire pour contrebalancer l'aspect par trop licencieux de ce brûlot[1]. Peut-on alors penser qu'avec une telle accroche l'auteur promet un roman sulfureux ? En réalité, quelles que soient les variantes, aucune de ces expressions ne revêt d'originalité particulière et l'on trouve déjà, avant la parution de l'œuvre de Laclos, un roman de la marquise de Saint-Aubin, intitulé *Le Danger des liaisons ou Mémoires de la*

1. Brûlot : au sens figuré, ce qui crée un scandale par son contenu incendiaire.

baronne de Blémon (1763), ainsi que des comédies portant un titre similaire.

• Les « liaisons », un terme polysémique

Il n'en reste pas moins que l'écheveau des liaisons, annoncé par le titre-cliché, promet une intrigue dont la complexité est gage de plaisir pour le lecteur.

Ainsi transformé, le titre qu'adopte définitivement Laclos met en lumière le terme polysémique* de « liaison ». Le mot revêt tout d'abord une signification sociale et épistolaire : si l'on se réfère toujours au sous-titre, les « liaisons dangereuses » sont des « lettres recueillies dans une société ». Leur multiplicité renvoie au réseau dense et serré que dessinent les relations entre les personnages, à la toile mouvante que tissent les fragments de leur correspondance. La marque du pluriel, dans le titre définitif, peut également s'appliquer, par un glissement métonymique*, aux épistoliers eux-mêmes, comme le souligne Mme de Volanges à l'intention de Mme de Tourvel, pour qualifier notamment tout commerce avec Valmont : « Quand il ne serait, comme vous le dites, qu'un exemple du danger des liaisons, en serait-il moins lui-même une liaison dangereuse ? » (XXXII)

• La chaîne des liaisons

Si le substantif reçoit l'acception, qui est la sienne à partir de 1768, de liaison amoureuse, l'adjectif qualificatif qui l'accompagne n'a rien pour étonner. Il traduit le soupçon qui pèse sur les unions non contractuelles, entendues au sens péjoratif de fréquentations douteuses. Plus encore, la liaison est point de contact et ce sont bien des connexions inattendues que les libertins cherchent à établir. Envisagées sous cet angle, ce n'est pas seulement en tant que passades que les liaisons sont dangereuses, ni parce qu'elles se substituent à toute forme d'engagement conjugal. Elles le sont surtout parce que les libertins entendent jouer les courroies de transmission ; qu'ils se donnent pour mission machiavélique de relier entre eux des individus pour mieux se les lier, les enchaîner et les maintenir sous le joug de leur volonté. Ils usent pour cela non pas des qualités du cœur, mais de leurs facultés cérébrales : les accointances qu'ils créent de toutes pièces sont jugées nocives, parce qu'elles procèdent d'un froid calcul, qu'elles constituent, conformément d'ailleurs à l'acception logique de la liaison, les éléments d'un raisonnement appliqué de manière implacable au domaine amoureux. Les liaisons forment ainsi une chaîne qui ne tient que par les caprices libertins des maîtres de cérémonie. Ce qui signifie que l'éviction de ces derniers viendra rompre de fait l'assemblage des maillons patiemment entrelacés au fil des lettres.

Le réseau des personnages

Les protagonistes des *Liaisons dangereuses*, définis surtout par leur statut d'émetteurs*, n'ont pas, à proprement parler, l'étoffe des personnages de romans : une identité sociale commune par leur appartenance à la noblesse de robe ou à la haute aristocratie, nulle épaisseur psychologique, des traits physiques à peine marqués. Ils s'apparentent davantage, en ce sens, à des personnages de théâtre, définis au gré d'une géométrie variable de relations. Au fondement des chassés-croisés, deux intrigues antagonistes se nouent autour du duo ambivalent des libertins, qui sont à l'âge intermédiaire de la vie : pour se venger du comte de Gercourt, qui lui fut jadis infidèle, la marquise de Merteuil charge le vicomte de Valmont de séduire la jeune Cécile Volanges, tout juste sortie du couvent et promise à Gercourt ; mais celui-ci ne l'entend pas de cette oreille, qui a décidé de prendre d'assaut la forteresse de vertu que lui oppose la présidente de Tourvel, en digne héritière d'une certaine princesse de Clèves. Sous la houlette de l'impérieuse marquise cependant, le libertin se résout à précipiter Cécile dans les bras de Danceny, son maître de musique, avant de la lui enlever de haute main, tandis que d'un même mouvement il conquiert Mme de Tourvel. À partir de ce dispositif minimal, les aventures secondaires s'étoilent en faisceau, sans pour autant perturber le cours de l'intrigue principale, et les personnages se répartissent selon une configuration concentrique.

• Le cercle des victimes

Réunies dans un premier cercle, les victimes immédiates des deux complices sont des pions sur l'échiquier de leurs règlements de comptes : l'idylle naissante entre les « écoliers », Cécile et Danceny, qui doit tout au calcul de Valmont et de Mme de Merteuil, n'est qu'une manière de passe-temps ; Mme de Tourvel, dont le nom est l'anagramme* de la Vertu, est pourtant sacrifiée sur l'autel de la chasteté. À première vue, la tentation est grande de classer les personnages en fonction de leur emploi théâtral et de situations galvaudées : l'Ingénue ou la débutante, une jeune héritière séduite et contrainte, malgré sa fortune considérable, à retourner au couvent ; la Dévote ou la femme à principes, une « jeune et jolie » présidente qui dépérit de chagrin ; l'amoureux transi qui joue par deux fois son rôle, dans les bras de la jeune Cécile, puis dans ceux de Mme de Merteuil. Orchestrées par le couple central, les intrigues se développent sous les yeux de spectatrices de marque qui complètent la galerie de portraits féminins et dessinent une constellation de trois générations : Mme de Rosemonde, la mère modèle dont Mme de Tourvel sollicite les « bontés maternelles » (CII) et qui est pleine d'indulgence pour son neveu Valmont et Mme de Volanges, la mère coupable qui, prodigue de conseils avisés pour la présidente, s'avère être une piètre gardienne pour sa propre fille.

• Les figurants

Formant un nouveau cercle, les personnages de second plan jouent le rôle de simples figurants et n'ont pas véritablement droit à la parole. À ce titre, Sophie Carnay, contrairement à ce que laissait augurer son nom, offre une sagesse *(sophia)* pleinement désincarnée. Auprès de Cécile, son amie de cœur, elle joue le rôle d'une confidente muette, progressivement évincée de la scène romanesque au profit de Mme de Merteuil. En effet, cette correspondance de jeune fille cesse de manière significative, sitôt que la petite Volanges devient sensible aux charmes de Valmont (LXXV), puis lorsqu'elle cède à ses avances (XCVII). La relève est donc prise au moment où Cécile, devenue femme, s'émancipe et entre sous l'influence des roués. Au nombre des comparses, les domestiques font office d'intermédiaires, soit qu'ils agissent pour le compte de leurs maîtres, tel Azolan, le chasseur de Valmont, chargé d'espionner Mme de Tourvel (XXXIV et CVII) ou encore Victoire, aidant aux stratagèmes de la marquise pour piéger Prévan (LXXXV), soit qu'ils trahissent au contraire leur confiance, comme Julie, la femme de chambre de la présidente (CI). Parmi les subalternes, Bertrand, homme de confiance du vicomte et messager de sa mort, entretient une brève correspondance avec Mme de Rosemonde, pour réhabiliter la réputation de son maître (CLXIII et CLXVI). Plus fantomatiques encore et n'accédant jamais au statut d'épistolier, les victimes passagères de Mme de Merteuil et de Valmont n'ont d'existence que sous leur plume : qu'il s'agisse du chevalier de Belleroche, de Prévan, d'Émilie (XLVII) ou de la vicomtesse de M. (LXXI), ce sont là des silhouettes qui servent de faire-valoir au pouvoir de séduction des deux libertins. Enfin, sur l'ensemble du roman plane l'ombre des époux, dont l'absence souligne cruellement la défaillance de l'instance paternelle et, plus largement, celle de l'ordre patriarcal. Le marquis de Merteuil et Monsieur de Volanges laissent en effet leur épouse veuve. Gercourt n'écrit qu'une seule fois et c'est pour annoncer à Mme de Volanges un contretemps qui retardera son mariage avec Cécile de six à huit semaines (CXI). Quant au président de Tourvel, il est le véritable point aveugle du roman : mis à part deux lettres interceptées par Valmont et qualifiées de « mélange indigeste de détails de procès et de tirades d'amour conjugal » (XLIV), la nature de sa relation matrimoniale est passée sous silence.

• Des connexions dialectiques

Si les personnages semblent se répartir entre le camp des bourreaux et celui de leurs victimes, directes ou par ricochets, la dichotomie est cependant plus subtile et la distribution binaire décentrée par des affinités insoupçonnables. Que la présidente élise Mme de Rosemonde pour confidente ne surprend guère, mais que Mme de Merteuil en fasse un portait vibrant d'éloge (CXIII) est plus inattendu. La douairière ne se laisse d'ailleurs pas enfermer dans son image de femme intransigeante et sénile, « rêche et sévère » à laquelle son neveu voudrait la réduire (CX) : malgré sa « vue débile » et sa « main tremblante », elle est capable de lire à cœur ouvert dans la lettre de Mme de Tourvel et d'y débusquer le « style de l'amour » (CIII). Des liaisons dissymétriques, des tangentes viennent également brouiller les cartes. C'est que les personnages, pris dans la spirale du jeu agonistique* entre les deux roués, selon un schéma actantiel* réversible, sont tour à tour adjuvants* et opposants*, en fonction des convergences ou des conflits d'intérêts. Tel est par exemple le sens du pacte qui, par un véritable coup de théâtre, scelle sur le tard une union virile entre Valmont et son ancien ennemi, Danceny, tous deux ligués désormais contre Mme de Merteuil (CLXIII).

En ce sens, l'antagonisme entre les meneurs du jeu et les perdants est moins manichéen que dialectique : les premiers ne sont rien sans les seconds, et c'est ainsi que le vicomte est bientôt dépossédé de ses atouts. S'il n'atteint pas à la rédemption convoitée par la présidente, qui espère, à force de prêches, faire « une belle conversion » (VIII), du moins est-il déchiré entre deux figures féminines et deux tentations incompatibles, l'une mortifère (Mme de Merteuil) et l'autre principe de vie (Tourvel), qui cristallisent à elles deux l'antinomie entre la rouerie et la vertu dévote, entre la perversité et la pruderie, entre l'intelligence et la sensibilité. La recherche du couple idéal, irréalisé parce que révolu ou parce qu'intervient toujours l'image d'un tiers, se lit du reste dans l'onomastique* symbolique qui maintient les personnages masqués derrière l'épaisseur signifiante de leur patronyme[1]. Errant par monts et par vaux, Valmont aspire à la fois à l'élévation morale, lorsqu'il part à l'assaut de la Tour, et à la turpitude lorsqu'il se perd dans les profondeurs abyssales du désir libertin. En véritable héros tragique, au sens où Racine décrivait dans la préface de *Britannicus* (1669) l'empereur Néron comme « un monstre naissant », il oscille donc entre le vice et la vertu, pour être finalement pris au piège du séducteur séduit à son insu. Quant à Mme de Merteuil, que serait-elle sans son fidèle acolyte ? Elle a beau tirer les ficelles de l'intrigue, elle n'est pas exempte de faiblesse : elle reste une femme amoureuse qui a peine à dissimuler sa jalousie envers une rivale plus redoutable qu'il y paraissait. Car la présidente échappe finalement à toutes les étiquettes dont on l'avait affublée jusque-là, celles de la « Prude », de « l'austère/la céleste dévote », de « l'aimable Prêcheuse ». Elle tient surtout en échec le vulgaire schéma de la femme vertueuse qui, une fois séduite, tombe dans l'ordinaire. Car si sa trajectoire, inverse de celle de Valmont, est celle de la précipitation, inscrite du reste dans son nom (de la tour vers le val), sa chute ne fait que la grandir. Et de fait, elle fait à Mme de Rosemonde le serment de se consacrer désormais à son neveu, de faire de lui le « centre unique de [ses] pensées, de [ses] sentiments, de [ses] actions », de « se perdre » pour lui (CXXVIII). Sa passion pour l'indigne libertin, qu'elle boit jusqu'à la lie et au prix de sa vie, en fait une héroïne tragique que la mort sublime.

Scansions narratives et symbolisme spatio-temporel

• Le découpage en parties

À l'origine, comme l'indique le manuscrit des *Liaisons dangereuses*, le roman obéissait à un découpage binaire, le pivot de la lettre LXX marquant le moment où Valmont regagne le château

1. Pour une étude complète de l'onomastique*, voir R. Demoris, « La symbolique du nom de personne dans *Les Liaisons dangereuses* », *Littérature*, décembre 1979.

de sa tante après un séjour à Paris. Ce découpage, qui n'est motivé que par les avancées du personnage masculin, laisse place à une composition narrative plus harmonieuse, en accord avec la polyphonie* du roman et le développement parallèle des intrigues amoureuses. La progression s'accomplit en quatre temps rigoureusement articulés : deux parties médianes, regroupant un peu moins de quarante lettres chacune, sont encadrées par deux autres ensembles, formés respectivement de cinquante lettres.

En guise d'exposition, la première partie (du 3 août au 1er septembre) pose les jalons d'une double conquête qui se solde par un échec provisoire. Danceny, le prétendant inexpérimenté, tout comme Valmont, le séducteur accompli, ne parviennent pas à avoir raison l'un de Cécile et l'autre de Mme de Tourvel : les deux femmes renoncent à l'amour, en se recommandant de Dieu. Cette double péripétie* anéantit les manœuvres du vicomte qui décide de renouer avec sa vie dissolue à Paris et d'entreprendre coûte que coûte la séduction de la jeune fille. Mme de Merteuil, quant à elle, se tient dans l'ombre et observe l'avancée de ses pions, en maîtresse de la situation.

La deuxième partie (du 2 au 26 septembre), dont elle est indéniablement l'héroïne et dont elle assure l'encadrement, marque à l'inverse son retour triomphal sur les devants de la scène. Tandis que Danceny et surtout Cécile s'éveillent au désir amoureux, sous l'étroite surveillance de leurs « anges » tutélaires, la marquise emporte une fulgurante victoire sur Prévan, qui consacre sa vertu aux yeux du monde et entérine sa réputation d'honnête femme (LXXIX). Face à ce triomphe qui referme la seconde partie, Valmont fait bien pâle figure : sa liaison avec Tourvel s'embourbe et c'est à peine si le « réchauffé » avec la vicomtesse redore un peu son blason de conquérant (LXXI).

Dans la partie suivante (du 16 septembre au 25 octobre), qui sert de phase transitoire, la tension monte d'un cran entre les deux libertins et la diversité des combinaisons épistolaires témoigne de la progression de l'intrigue. La marquise devient la conseillère perfide de Mme de Volanges et la proche amie de

Danceny qu'elle projette de séduire après avoir rompu avec Belleroche, tandis que la présidente noue un pacte de confiance avec Mme de Rosemonde, allant jusqu'à lui avouer son amour pour Valmont (CII). Quant à celui-ci, il entre dans une phase plus offensive : engagé sur le front de Cécile, qu'il forme aux plaisirs de la chair et qu'il engrosse bientôt (CX), il use de divers subterfuges pour faire fléchir Mme de Tourvel, dont celui, éprouvé par d'illustres prédécesseurs, de la dévotion feinte. Cette dernière ruse réussit à merveille auprès de Mme de Rosemonde (CXIX) et du père Anselme (CXX et CXXIII) et trois jours plus tard, la belle s'y laisse prendre à son tour, au point de faire de Valmont son rédempteur (CXXIV). Par symétrie avec la seconde partie, le coup de maître du libertin vient clore cette section.

La suivante s'ouvre en fanfare sur son cri de victoire, qui annihile toutes les pierres d'attente posées jusque-là (CXXV). Pourtant, ce dernier volet sonne le glas des liaisons : victimes et bourreaux tombent les uns après les autres, sous les yeux effarés de Mme de Rosemonde et de Mme de Volanges. La malheureuse présidente, qui a surpris son aimé aux bras d'une fille de joie (CXXXV), oscille entre l'espoir et le désespoir, avant de se retirer au couvent et de sombrer dans un état proche de l'aliénation. Tout comme elle, Danceny est pris dans les rets de la marquise puis, découvrant qu'il a été joué, met un terme à toute forme de commerce amoureux, que ce soit avec Cécile ou avec la redoutable libertine. La liquidation est achevée avec la dissolution définitive du couple machiavélique.

• La progression chronologique

À l'intérieur de ce découpage symbolique et dramatique, les 175 lettres dessinent une progression chronologique, liée aux impératifs du genre épistolaire. La correspondance commence le 3 août et s'achève de manière emblématique l'année suivante, à la morte-saison. La scansion des dates indique non seulement le cycle naturel, depuis la maturité estivale jusqu'au morne hiver, mais suggère également le degré d'intensité de l'intrigue. Au moment où les fils se nouent, il arrive aux épistolaires de correspondre avec plusieurs destinataires à la fois – Cécile écrit à Sophie Carnay et à Danceny le 24 août (XXIX et XXX) – et la réponse est parfois acheminée en moins de vingt-quatre heures, comme c'est le cas des deux billets que s'échangent la Marquise de Merteuil et sa jeune protégée (XII et XIII). La fébrilité avec laquelle les lettres circulent reflète à l'évidence la montée de la tension et des ardeurs. À mesure que l'intrigue se délite, que les passions s'étiolent et que, de fait, les protagonistes disparaissent les uns après les autres, la correspondance s'espace et le rythme effréné des premières lettres s'essouffle. Alors que les trois premières parties occupaient chacune à peu près un mois, le dénouement s'étend sur deux mois et demi : les dernières lettres que Mme de Volanges adresse à Mme de Rosemonde sont respectivement datées du 18 décembre et du 14 janvier (CLXXIII et CLXXV), et la douairière reçoit dans l'intervalle, le 26 décembre, une ultime missive de Danceny (CLXXIV).

La précision des dates s'accompagne cependant d'une indétermination temporelle. Le choix de l'époque, le XVIIIe siècle, ne nous en dit pas davantage sur l'année des faits. C'est que, conformément aux propos de l'éditeur fictif, « les aventures » exposées dans les lettres sont survenues « dans d'autres lieux ou dans d'autres temps ». Le refus de l'ancrage historique et le souci de masquer l'identité réelle des protagonistes derrière un anonymat de façade vouent à l'échec toute tentative de débusquer des allusions à des événements contemporains.

Dans une démarche analogue, la référenciation topographique est maintenue dans le vague. En dehors d'une géographie lointaine qui correspond au statut des (futurs) époux absents (la Corse où se trouve le comte de Gercourt, Dijon où séjourne le président de Tourvel) ou qui fera office de terre d'exil (Malte pour Danceny et la Hollande pour Mme de Merteuil), l'organisation spatiale ressortit davantage à une bipartition symbolique. Deux pôles se dégagent nettement, qui sont fortement connotés : la société parisienne liée à la perversion mondaine, et la proche campagne où Mme de Rosemonde, la vicomtesse de M... et Mme de Merteuil ont leur résidence.

• Un espace stylisé

Si certains lieux sont nommément identifiables, l'absence de description, conforme du reste aux impératifs du genre épistolaire, rend caduque toute tentative pour se figurer le décor dans le détail. Car cet espace stylisé, comparable à la scène théâtrale, ne vaut pas pour lui-même, mais en tant que support des mouvements des personnages[1]. Tous en effet, hormis Danceny qui ne quittera pas Paris avant le dénouement, ne cessent de se croiser entre la capitale et les lieux de villégiature. Ces déplacements continuels ont pour effet d'abolir l'opposition courante entre la vie naturelle, associée aux sèmes* de l'innocence et de la pureté, et les lieux d'urbanité. En effet, bien loin de l'idéal rousseauiste, la campagne, dès lors qu'elle est contaminée par le séjour des libertins, ne saurait offrir un refuge inviolable. Elle constitue au contraire un cadre propice aux tactiques de séduction, elle « offre mille moyens », comme le préconise la marquise (LXIII).

De même que l'on refuse au lecteur toute évocation lyrique et détaillée du décor champêtre, Paris est croquée sans pittoresque en quelques lieux phares : ses boulevards, ses lieux publics de divertissement ou de recueillement, qui sont autant de terrains d'observation, d'attraction et de répulsion. C'est ainsi que le couple libertin épie sa future proie, Mme de Tourvel, à l'église Saint-Roch (V) ; au théâtre, l'intrigue ne se joue pas sur scène, mais dans la salle : Mme de Merteuil, placée en vis-à-vis de Prévan à l'Opéra, a tout le loisir de l'admirer et de le désigner comme sa victime prochaine (LXXIV) ; la Comédie-Française

1. D'ailleurs, les illustrateurs se partagent en deux écoles : ceux qui suppléent à l'absence de description en imaginant des intérieurs richement décorés, et ceux qui préservent au contraire un décor neutre et intemporel (voir encart iconographique).

verra le développement secret de leur idylle (LXXXV) et la Comédie-Italienne, son dénouement public (CLXIII).

C'est donc la traque des regards et l'aimantation des corps qui définissent l'espace, et non l'appréhension de ses qualités sensibles. Faisant fi des cloisonnements, le libertin a pour principe l'effraction et, en ce sens, *Le Verrou* de Fragonard sert à merveille d'emblème à l'œuvre (voir encart iconographique page VIII). La circulation des clés constitue une première étape. Le roman s'ouvre sur l'émancipation de Cécile, qui se réjouit de posséder une chambre bien à elle, un cabinet et un secrétaire qu'elle peut verrouiller à sa guise (I). Mais ces clés que l'on octroie en signe de privilège peuvent être reprises : Mme de Volanges ne tarde pas à exiger de sa fille la clef du précieux secrétaire (LXI). Les libertins sont imbattables pour se rendre maîtres et détenteurs de toutes les clés : la marquise accorde celle de sa petite maison à Belleroche, mais elle en conserve un double ; Valmont convoite celle de Mme de Tourvel (XL) et celle de la chambre de Cécile fera l'objet de multiples transactions frauduleuses. Détenir la clé est bien une manière d'exercer une emprise physique et morale : elle permet de passer la porte et de percer à jour l'intimité de l'autre.

Dans cette configuration spatiale minimaliste, les seuils ne sont jamais franchis en toute impunité et préludent à la jouissance physique, librement consentie ou non. Les portes résolument closes, celles que l'on force ou que l'on cadenasse signifient à l'évidence le triomphe de la vertu ou sa violation. Après avoir cédé aux avances de Valmont, Cécile, sans doute prise de remords, s'enferme dans sa chambre dès le lendemain soir. Qu'à cela ne tienne, le séducteur offensé trouve une autre consolation : par une volte-face ironique, la porte fermée de l'ingénue lui ouvre celle de Mme de Tourvel (XCIX). Dans les demeures privées, les lieux de sociabilité domestique ne se laissent plus distinguer de la géographie libertine des plaisirs intimes (boudoirs, escaliers dérobés, « petites maisons » et autres lupanars à usage privé). L'intimité des chambres et les pièces de réception sont pareillement vouées à la conquête sensuelle : les repas quotidiens pris chez Mme de Rosemonde deviennent pour Valmont un moment ritualisé de séduction, à la faveur d'un échange soutenu de regards avec Mme de Tourvel (LXXVIII) ; c'est aussi dans le salon de son hôtel parisien que la jeune femme finit par capituler (CXXV). L'espace ne se comprend donc plus que comme l'étendue opaque qui sépare les corps et qu'il faut abolir, pour prendre possession de l'autre.

2. LES GRANDS AXES DE LECTURE

Le pacte épistolaire

• Structure enchâssée et voies de transmission

Le lecteur n'entre pas de plain-pied dans le rythme particulier de l'échange épistolaire. La structure enchâssée du recueil fait office de « sas » et Laclos multiplie les discours d'escorte préliminaires destinés à définir le pacte d'écriture et de lecture. Le péritexte* occupe en effet une part importante : l'épigraphe* empruntée à *La Nouvelle Héloïse* de Rousseau (« J'ai vu les mœurs de mon temps, et j'ai publié ces lettres »), l'« Avertissement » de l'éditeur et la « Préface du rédacteur » s'intègrent dans une subtile mise en scène. L'analogie théâtrale court du reste de la première à la dernière page, comme en témoigne le souci constant de restituer à cette correspondance privée sa part de notoriété : on peut ainsi imaginer sans peine que le cercle des lecteurs dessine les contours d'un premier « Public ». Avec la « Note de l'éditeur », qui achève le recueil, les pièces liminaires opèrent à la manière d'un lever et d'un tomber de rideau sur les lettres proprement dites.

Cette construction circulaire dessine en outre la genèse fictive du roman épistolaire, afin de produire un effet de réel, selon des procédés conventionnels d'accréditation particulièrement en faveur au XVIIIe siècle. Au lecteur de retracer après coup la transmission de la correspondance, en fonction des indices qui lui sont livrés. Les lettres circulent en effet de main en main et c'est Mme de Rosemonde, elle dont le nom – elle est le monde – annonçait déjà la fonction englobante, qui est chargée, en sa qualité de doyenne, d'en recueillir la totalité. Le serviteur de Valmont lui apprend d'abord que son maître, avant de s'éteindre, aurait remis au chevalier Danceny, qui l'a pourtant vaincu au duel, « des papiers fort volumineux » (CLXIII). Comme le rapporte Mme de Volanges à Mme de Rosemonde (CLXVIII), le jeune Danceny, révolté par le contenu de ces missives, décide aussitôt d'en rendre publiques certaines, dont celles qui relatent la formation de Mme de Merteuil (LXXXI) et la machination odieuse visant M. de Prévan (LXXXV). Il confie ensuite à Mme de Rosemonde le restant de cette « liaison » qui, avec des registres scellés, constitue un précieux, mais non moins sulfureux, butin (CLXIX). À la demande de l'auguste vieille dame cette fois, Danceny se sépare du paquet de Cécile (CLXXI et CLXXIV). Puis c'est au tour de Mme de Tourvel, sur le point de rendre son dernier soupir, de lui confier, par l'entremise de Mme de Volanges, une cassette contenant sa correspondance avec Valmont (CLXV). Elle échappe ainsi à la « chute » sociale que les scélérats lui avaient préparée : la lettre d'amour qui devait définitivement la perdre est écrite au seuil de la mort et mise sur le compte d'un délire. Au lecteur, qui n'en est pas dupe, toutes ces précautions donnent l'illusion que les faits relatés se sont réellement produits. On lui fait croire en outre à l'existence des lettres, dont les originaux, d'après une note du rédacteur qui en fut le dernier dépositaire, sont en la possession des légataires de Mme de Rosemonde. Si ceux-ci n'avaient passé outre la volonté de leur parente, fermement décidée de son vivant à ne pas donner de « publicité » à toute cette histoire et à en étouffer le parfum de scandale (CLXXI), les « liaisons » auraient bien failli ne jamais voir le jour. Leur divulgation était d'autant plus compromise que le sort réservé aux principaux protagonistes – l'enfermement, la mort ou l'exil – n'aurait rien laissé transpirer de leur drame et ils auraient ainsi emporté avec eux leurs secrets.

• Les procédés d'accréditation

Ces artifices d'accréditation relèvent des lois du genre, ce qu'inauguraient d'emblée les discours liminaires. En effet, aux confins de la fiction romanesque proprement dite, le vrai et le faux ne cessent de se mêler avec adresse pour égarer le lecteur dans un dédale de faux-semblants. L'« Avertissement » de l'éditeur, pour commencer, détruit par avance les propos développés à des fins d'authentification dans la « Préface du rédacteur ». En désavouant la vraisemblance dont se réclame le recueil, il ne lui reconnaît que le statut d'un « roman », dont les personnages, aux mœurs foncièrement dissolues, ne peuvent assurément pas appartenir à cette époque-ci. Et si l'on doutait encore de leur caractère révolu, il n'est qu'à considérer le « raisonnement » irréfutable sur lequel s'achève de manière péremptoire l'« Avertissement » : les « mêmes causes » produisant toujours les « mêmes effets », il était inconcevable qu'au siècle des Lumières, une jeune fille, dont la fortune s'élève à soixante mille livres de rente, envisage de prendre l'habit de postulante et tout aussi invraisemblable qu'une présidente comblée par la nature se laisse dépérir.

La parole est ensuite donnée au rédacteur, chargé de recueillir les lettres et de les restituer sous une forme intelligible, au prix de quelques aménagements, d'une remise en bon ordre et d'un élagage destiné à en ménager l'intérêt dramatique. Les notes émaillant les lettres font d'ailleurs état de ce travail de toilettage, lequel ne doit jamais nuire au souci de vraisemblance, ni à l'intérêt dramatique. En vertu de ce principe, constamment réaffirmé dans la préface qui s'offre comme un modèle d'argumentation, le rédacteur s'interdit tout remaniement d'ordre stylistique. Avec une objectivité qui donne justement plus de crédit à la part d'éloge, il dresse ensuite la liste des mérites et des défauts de l'ouvrage. Si la variété des styles, inhérente à la multiplicité des épistoliers, peut irriter plus d'un puriste, si elle nuit à la cohésion du propos, elle est du moins garante de la véracité des lettres et gage de plaisir. Paradoxe ultime, le rédacteur prédit l'insuccès probable d'un ouvrage qui ne saurait agréer aux libertins, ni aux dévots. Pourtant, il s'en fait dans le même temps l'ardent défenseur et achève sa préface par une pirouette qui annule le débat précédent : plutôt qu'écarter des reproches, qu'il juge fondés au demeurant, il laisse au livre le soin d'y répondre et lui reconnaît donc au moins cette vertu.

• La matérialité de la lettre

À l'échelle des lettres elles-mêmes, d'autres procédés visent à attester la pseudo-véracité des « liaisons », au rang desquels les menues informations qui ont trait à la matérialité des conditions d'écriture. L'encre, le crayon, le papier, le pupitre et jusqu'à la main qui tient la plume, et jusqu'aux doigts perclus de douleurs articulaires qui empêchent Mme de Rosemonde de s'épancher longuement, tous ces détails permettent en effet de visualiser le geste scripturaire de l'épistolier. Le lecteur n'ignore rien non plus des circonstances de composition des lettres, ni de leur temps d'écriture. Certaines s'écrivent par exemple dans la nuit avancée, pour lutter contre l'insomnie, et s'achèvent au point du jour, comme cette lettre écrite à quatre heures du matin par un Valmont qui tente visiblement de se défaire de l'empire de sa dévote (XXIII). La première lettre de Cécile, à l'ouverture du recueil, offre un modèle du genre. Assise à son « Secrétaire très joli », dont elle possède désormais la clé, la jeune fille rédige pendant près d'une heure le récit de sa première journée dans le monde[1] ; il n'est pas loin de six heures lorsqu'elle met le point final et, comme nous l'apprend le post-scriptum, son courrier sera remis à Sophie par l'entremise de Joséphine, la tourière du couvent (I). Dans un tout autre genre, immortalisé par l'iconographie et les adaptations cinématographiques, Valmont se choisit pour pupitre le corps d'une courtisane pour composer, entre des draps fraîchement froissés, son hommage amoureux à la dévote présidente (XLVIII). La gravure de l'édition de 1796 (voir encart iconographique page IV) insiste par exemple sur l'atmosphère licencieuse qui règne dans la pièce : Émilie est entièrement nue et le vicomte à moitié vêtu, leurs vêtements gisant épars sur le sol, au pied du lit à baldaquin lui-même défait. L'équivalence entre le postérieur de la courtisane et l'écritoire est suggérée par la proximité entre le lit et le pupitre. La lettre,

1. Démasquée par sa mère, Cécile se voit à l'inverse retirer « papier, plume et encre ». Elle adresse à Danceny un billet de fortune écrit au crayon sur un fragment de sa propre lettre (LXIX).

interrompue d'ailleurs par les spasmes du plaisir masculin (XLIX), sera d'abord lue par la marquise, à qui revient le soin de cacheter l'enveloppe et de la timbrer de Paris. Si l'on ajoute à ces détails les modalités d'envoi, le lecteur a un aperçu complet du circuit épistolaire. Il peut reconstituer, s'il le souhaite, les étapes de la diffusion officielle de ces missives ou les voies d'acheminement de moins en moins directes qu'elles empruntent et sur lesquelles nous reviendrons.

La lettre n'est pas seulement un médium, elle devient un support concret où se lisent les sécrétions du corps écrivant, où les irrégularités de l'écriture laissent deviner les séismes du cœur. Valmont, après avoir subtilisé la correspondance de la présidente, y découvre ses propres lettres rangées par ordre chronologique, et notamment la première, qui lui avait pourtant été rendue, recopiée « d'une écriture altérée et tremblante » (XLIV). Mais surtout, il ne contient plus sa joie en retrouvant des fragments déchirés de sa lettre de Dijon, baignée de larmes, preuve irréfutable valant la plus sincère des déclarations d'amour *(ibid.)*. Même un libertin comme lui s'y laisse prendre : « Je l'avoue, je cédai à un mouvement de jeune homme, et baisai cette Lettre avec un transport dont je ne me croyais plus susceptible » *(ibid.)*. Substitut du corps absent, la lettre est véritablement fétichisée. C'est Cécile qui en formule, avec sa candeur coutumière, le fonctionnement le plus explicite. En tentant d'épuiser son plaisir dans la lecture indéfiniment renouvelée de la prose de Danceny, elle n'a d'autre ressource que de serrer sa lettre au plus près de son corps : « Je l'ai emportée dans mon lit, et puis je l'ai baisée comme si… C'est peut-être mal fait de baiser une Lettre comme ça, mais je n'ai pas pu m'en empêcher. » (XVI) Investie de cette fonction métonymique*, la lettre se révèle une monnaie d'échange plus redoutable encore.

La liaison libertine ou la machine de guerre épistolaire

Le libertinage se veut une posture sociale et intellectuelle, dont la liberté sexuelle n'est que l'expression galvaudée. Les jouissances de la chair et le goût des mœurs scandaleuses ne visent qu'à la délectation de l'esprit et, dans le contexte spécifique d'un roman épistolaire, au plaisir du mot. Dans cette perspective, on ne saurait réduire le libertinage d'esprit, fût-il d'inspiration sadienne, à une volonté blasphématoire et à une recherche cynique du mal, ni ramener le libertinage de mœurs à une accumulation donjuanesque de conquêtes.

• L'éthique de la maîtrise

Parmi les composantes de l'éthique libertine, prévalent au contraire l'observation et l'expérience, menées sur soi et sur les autres. En effet, l'exaltation épicurienne des sens le cède de loin au plaisir de l'introspection méthodique et de la retranscription écrite, à l'idéal de la domination et du contrôle rationnel des échanges, tous buts louables s'ils n'étaient pas employés à mauvais escient. Pour le libre penseur, l'auto-analyse et l'observation de l'autre valent expérimentation totale. À l'inverse de la morale classique, il ne s'agit pas de sonder, sous l'œil omniprésent de Dieu, les replis de l'âme au mépris de la réalité charnelle, mais de dompter, à la face du Tout-Puissant, les voluptés répréhensibles du corps pour les satisfaire jusqu'à l'épuisement, tout en veillant à ne jamais s'abandonner à la faiblesse du sentiment. Il est question de « se travailler », au sens étymologique du terme[1], c'est-à-dire de s'imposer une discipline rigoureuse et presque douloureuse, pour être à soi-même, dans un rêve insensé d'auto-procréation, son propre « ouvrage ». Dans sa profession de foi libertine (LXXXI), Mme de Merteuil expose les principes de ces réflexes analytiques élevés au rang d'ascèse : à force d'écoute attentive et d'étude approfondie de la physio-

1. « Travail » dérive de *tripalium* qui signifie « instrument de torture ».

nomie, grâce au souci presque maniaque des « détails », elle est parvenue à dissimuler ses paroles, ses sentiments et jusqu'aux expressions de son visage, exactement comme un courtisan s'imposerait la discipline nécessaire pour surnager dans la sphère du pouvoir. C'est à cette tâche qu'elle s'est attelée sans faiblir, depuis sa nuit de noces jusqu'à ses tout derniers exploits galants, faisant preuve d'une constance infaillible, y compris et surtout dans l'intimité. Ainsi, la perte de sa virginité n'est « qu'une occasion d'expérience », un terrain où l'observation et l'étude des sensations aiguisent déjà pour l'adolescente qu'elle était, non pas le désir de « jouir », mais celui de « savoir » (LXXXI). Dans un domaine où prévalent en principe la sincérité du sentiment amoureux et le jaillissement spontané du désir, feindre en permanence la mécanique des émotions et des humeurs corporelles relève bien du tour de force. Cependant, loin de pâtir d'une scission de personnalité, d'un dédoublement entre l'image privée et l'image publique, la marquise s'est forgée, à force de sacrifices et de renoncements, une personnalité recomposée, qui lui devient presque une seconde nature.

• La référence théâtrale

Le don d'observation n'est pas une posture contemplative. Il a pour prolongement l'expérimentation sur le corps social et sur ses spécimens. Rien d'étonnant à cela : *Les Liaisons dangereuses* brossent l'autopsie d'une aristocratie moribonde dont les membres, mus par la curiosité, sont de redoutables « sémioticiens »[1], à l'affût du moindre signe susceptible de trahir les profondeurs de l'âme et du corps. La métaphore théâtrale court d'ailleurs à travers tout le roman. La société mondaine elle-même, qui fait et défait les renommées, est souvent désignée comme un vaste théâtre. Mme de Tourvel, par exemple, prie instamment Valmont de cesser, séance tenante, sa

1. Susan Winnett, *Terrible Sociability. The Text of Manners in Laclos, Goethe, and James*, Stanford University Press, 1993, p. 20.

cour assidue, afin de sauvegarder son honneur de femme aux yeux de ses amis et au regard de sa propre conscience, afin d'échapper surtout à l'opprobre d'un « public toujours prompt à mal penser d'autrui » (XLI).

C'est évidemment chez les deux roués que l'art du déchiffrement est poussé à son plus haut degré : pour eux, les relations sociales ne s'envisagent que sur le modèle des rôles et des emplois de théâtre, à commencer par celui de confident qu'ils s'octroient respectivement auprès des jeunes amants. Mais c'est dans l'art de séduire que la conduite du libertin se calque sur la dissimulation propre au jeu du comédien. La marquise en pose les principes, dans des termes qui rappellent étonnamment *Le Paradoxe du comédien* de Diderot : retraçant son initiation sexuelle, elle avoue rechercher l'amour « non pour le ressentir à la vérité, mais pour l'inspirer et le feindre », conjuguant à cette fin « l'esprit d'un Auteur » et « le talent d'un Comédien » (LXXXI). Avec Belleroche, qu'elle imagine en sultan, elle se prête si habilement à une identité protéiforme qu'elle incarne à elle seule toutes les « Favorites » du sérail et parcourt ainsi toute une gamme d'attitudes et de tons charmeurs (X). Du reste, elle impose cette même discipline à ses partenaires, notamment ceux avec lesquels elle prétend se mesurer. Pleinement consciente de la partition qu'elle doit jouer, elle a vite fait de censurer chez Prévan tout laisser-aller, même simulé, pour se plier strictement aux règles d'usage : elle lui interdit ainsi le registre du sentiment et celui de la gaîté, qu'elle juge inconvenants ou trop précoces pour une relation naissante (LXXXV). À l'image du comédien génial capable, selon Diderot, de dissocier l'émotion vécue et l'émotion recréée, Valmont joue lui aussi la pantomime de l'amoureux éperdu, qui sait pleurer à point nommé pour fléchir la femme désirée (XXIII). Les deux scélérats ont su ainsi apprivoiser les rouages de la société, non pour s'y conformer et agir en accord avec les bienséances*, mais pour en disposer librement et jeter ainsi le discrédit sur la morale et le pouvoir en place.

• Les deux versions du libertinage

Se dominer n'est que le moyen de s'assujettir impérieusement l'autre et d'en faire le jouet de ses caprices. La liaison libertine, conçue selon un idéal d'indépendance, se décline essentiellement sur le mode tyrannique : la manipulation des affects, la libre disposition des corps et des volontés s'accomplissent d'autant plus aisément que le libertin les a expérimentées sur sa propre personne. Elles procèdent non pas de l'exercice aveugle de la force et de la contrainte, mais d'une intelligence sensible, d'une exploration approfondie de la psychologie humaine : la volonté de puissance a pour postulat le désir de savoir. Il importe pour cela de disséquer à l'infini les égarements du cœur et de l'esprit qui diffèrent des lois d'attraction du désir : « vous ne possédez absolument que sa personne ! je ne parle pas de son cœur, dont je me doute bien que vous ne vous souciez guère : mais vous n'occupez seulement pas sa tête » dira la marquise à son complice (CXIII). Parce qu'elle infiltre les pensées de la victime désignée, parce qu'elle fait le siège de son esprit, la liaison épistolaire s'offre justement comme le moyen le plus sûr de parvenir à cette maîtrise accomplie. Ainsi, dans leur course à la volupté, les deux libertins obéissent paradoxalement moins à l'empire des sens qu'à l'injonction de la raison. Entre leurs mains, les individus ne sont que des cas offerts à leur examen critique et à leurs manipulations expérimentales. Cependant, en dépit d'un code commun de mauvaise conduite, ils ne progressent pas à la même allure. Leurs méthodes surtout diffèrent.

Le libertinage au féminin

Contre toute attente, le libertinage féminin préconise l'action foudroyante, la progression par voie directe et le franc despotisme. Mme de Merteuil est en effet aussi expéditive dans ses conquêtes que dans ses ruptures. La liaison avec Prévan, objet de litige entre les deux complices, en est une excellente illustration. Entre le moment où la marquise jette son dévolu sur le haut fonctionnaire (LXXIV) et décide de suivre la pente de son bon plaisir (LXXXI), ignorant superbement la requête de Valmont qui lui recommande au contraire la résistance, et celui où elle parvient à le piéger (LXXXV), il s'écoule à peine cinq jours. Sa victoire, emportée de main sûre, se résume, selon ses propres termes, en « deux mots » : elle veut « avoir » Prévan et elle l'aura (LXXXI), tel est le « Roman » fulgurant dont elle fait le récit au vicomte. Et pourtant, cette efficacité n'est qu'affaire de tactique ludique. La référence constante aux jeux de hasard, modèles miniatures de sociabilité et de subversion des règles, n'est pas fortuite à cet égard : Mme de Merteuil toise son futur partenaire amoureux, qui a justement une « réputation de Joueur », à une table où se dispute une partie interminable de « macédoine » et son « premier triomphe fut sur le lansquenet » (LXXXV)[1]. Le plan de séduction du jeune Danceny suivra le même chemin : la scélérate expédie Belleroche sans état d'âme, puis elle jette son dévolu sur le maître de musique (CXIII) qui succombe innocemment à ses charmes (CXVI), avant d'être entièrement conquis (CXLVIII).

Le libertinage au masculin

C'est dans une perspective d'expérimentation similaire que le tandem improbable formé par Cécile et Mme de Tourvel s'offre à l'« observation », au « travail » de Valmont : chez la première, il « éprouve » la prédisposition insoupçonnée à la jouissance innocente ; chez la seconde, une sensibilité insondable qui résiste à sa redoutable curiosité (CXXXIII). Cependant, le vicomte ne mène pas ses expériences à la manière de Mme de Merteuil. Au lieu d'emprunter les « chevaux de poste et la grande route », son libertinage prône la conquête par voie oblique et les « chemins de traverse » (X). À rebours de l'« attaque vive et bien faite, où tout se succède avec ordre

1. C'est aussi autour d'une partie de wisk que Valmont retrouve sa présidente lors des soirées passées au château de sa tante (IV).

quoique avec rapidité » *(ibid.)*, il affectionne les « scènes filées » (XCVI), les « petits événements » qui suppléent à « l'action » (XCIX). Il se perd en préliminaires et substitue volontiers à la réalisation en acte les délices de la projection et de la narration.

Il faut dire que les circonstances sont favorables à cet hédonisme de la lenteur, à commencer par la démission des figures masculines. En effet, en l'absence du président de Tourvel et à la faveur du mariage retardé de Cécile, Valmont a toute latitude pour former la jeune ingénue, séduire la dévote épouse et les détourner toutes deux de leur engagement respectif. Les chassés-croisés, qui interviennent en guise de péripéties*, permettent en outre d'étirer indéfiniment le fil de l'intrigue et de différer la chute. Lorsque le roman s'ouvre, le libertin s'ennuie ferme dans la demeure champêtre de sa vieille tante où séjourne aussi Mme de Tourvel ; il décide de revenir à Paris pour une quinzaine de jours, tandis que Mme de Volanges et sa fille arrivent à leur tour au château : l'idylle avec Cécile s'en trouve donc momentanément contrariée. La stratégie de procrastination [1], gage de suspense, se vérifie également dans la conquête de la présidente. Alors qu'elle est sur le point de se laisser fléchir, elle s'enfuit précipitamment à Paris le 3 octobre (C), rattrapée par Valmont à la fin du mois. Autre coup de théâtre, Cécile, regrettant sans doute de lui avoir cédé (XCVI), offre une résistance soudaine. La métaphore récurrente du cheminement, qui n'est pas toujours synonyme d'avancée, traduit bien ces liaisons à géométrie variable : « tandis que ma Présidente marche à si petits pas, votre pupille recule », se plaint-il à Mme de Merteuil (XCIX).

Outre ces atermoiements, qui font en réalité son affaire, le vicomte se complaît à multiplier les épreuves, à construire sa propre carte du Tendre, jalonnée d'obstacles et de détours. Il sait mettre à profit les délices et les supplices d'une temporalité distendue pour prendre l'avantage. Auprès de Cécile, qu'il pour-

1. Procrastination : tendance à remettre au lendemain.

rait pourtant posséder sans grande difficulté, il avance ses pions avec une grande prudence : il joue d'abord avec la plus grande application le rôle de l'intermédiaire, du messager de Danceny, puis celui de confident, et enfin celui de tuteur (LXXXIV). Sa première visite nocturne chez la belle suit la même progression à pas comptés. En dosant avec habileté démonstration de force et cajoleries, Valmont vient à bout de la résistance que lui oppose la jeune effarouchée. Sa démarche, méthodique et graduelle, évoque irrésistiblement celle d'un fin négociateur doublé d'un redoutable stratège : « fausse attaque », prise de « poste », « courte harangue », « offres », marchandage, toutes ces ruses ont raison des larmes et des reproches de la « charmante ennemie » qui se donne jusqu'à satiété (XCVI). Cette première nuit d'amour n'est qu'un condensé des « lenteurs » qu'affectionne tant le libertin. La scène des préliminaires fait d'ailleurs l'objet d'un récit minutieux qui n'est pas sans rappeler, par antiphrase*, les cinq points d'amour du code courtois. Le libertin se délecte à dépeindre littéralement chaque étape de ses travaux d'approche, chaque geste suspendu : « une main occupée pour la force, l'autre pour l'amour », le « baiser obtenu », le « baiser pris », l'étreinte progressive, la main qui se dérobe au moment opportun pour que se loge à sa place le membre viril.

La méthode est renouvelée avec Mme de Tourvel, et la difficulté accrue. En effet, Valmont doit composer avec l'obstination d'une femme qui, contrairement à Cécile, n'est pas une « machine à plaisir », et qui n'a que son amitié à lui offrir. Devant une telle forteresse, il n'hésite pas à forcer les verrous, à épier sa proie à travers le trou de la serrure (XXIII), à contourner enfin les obstacles qui entraveraient sa marche. Il lui faut notamment déployer toute son imagination et toute sa détermination pour faire parvenir ses lettres au destinataire récalcitrant, et user parfois de stratagèmes retors. Si la méthode du maladroit Danceny passe encore, qui glisse son billet entre les cordes d'une harpe pour déjouer la surveillance de Mme de Volanges et engager ainsi une correspondance avec Cécile (XVI), la manière de Valmont est plus machiavélique. La lettre XXXIV tout entière relate en détail les subterfuges qu'il doit inventer pour obliger Mme de Tourvel à lire sa prose : courrier déguisé et par conséquent remis en présence de témoins, lettres substituées, recours à des subalternes, toutes les « ruses », comme il l'écrit lui-même à Mme de Merteuil, sont bonnes pour avoir raison des résistances de la dévote. La dernière, en particulier, réussit à merveille : en timbrant son enveloppe de Dijon, le vicomte parvient à faire croire à la présidente qu'elle lui a été postée par son mari, mettant celle-ci au supplice de la décacheter en public et de se compromettre devant lui. Entre les lettres qui sont retournées telles quelles à leur expéditeur et celles qui parviennent à bon port, c'est un véritable bras de fer qui s'engage entre les épistoliers. Dans cette perspective, s'introduire auprès de l'autre, par le « moyen » de la lettre, marque bien une petite victoire pour le roué et, inversement, l'acte de lecture vaut d'une certaine manière acceptation pour sa vertueuse correspondante. Dans le cas présent, Valmont peut se targuer d'une satisfaction supplémentaire qui entérine sa victoire, celle de dévoiler l'ensemble de sa machination à Mme de Merteuil et de lui faire bénéficier du brouillon non retouché de ses deux lettres (XXXIV).

L'imaginaire viril

Les manœuvres épistolaires réitérées ne suffisent pourtant pas. Alors que son acolyte séduit sur le mode enlevé du jeu (scène théâtrale, jeux de salon), le vicomte opte pour une mythologie virile, celle de la prédation cynégétique[1] et de l'art guerrier, et sa phraséologie s'en ressent. Dans l'ordre du discours, il se compare ironiquement au chasseur qui fonce sur sa proie, à grand renfort de métaphores appuyées : « Laissons le Braconnier obscur tuer à l'affût le cerf qu'il a surpris ; le vrai Chasseur doit le forcer » (XXIII). Le siège de Mme de Tourvel

1. Cynégétique : en rapport avec la chasse.

suit encore les principes d'une guerre impitoyable. Après avoir jaugé le salon marquant « le théâtre de [sa] victoire », le conquérant résume rétrospectivement son plan de bataille : « c'est une victoire complète, achetée par une campagne pénible, et décidée par de savantes manœuvres », dont la « retraite [est] assurée » (CXXV). Toute l'histoire de leur idylle se résume en effet à celle d'une chute, chute précipitée par celui-là même qui l'avait d'abord contenue. Tirant parti du terrain accidenté qu'offre le paysage rural, voici comment le séducteur effectue sa première tentative d'approche : « J'ai dirigé sa promenade de manière qu'il s'est trouvé un fossé à franchir », confie-t-il à la marquise (VI). Le passage du fossé, dont le calembour* grivois souligne le caractère symbolique, augure à n'en pas douter du passage à l'acte : si, pour l'heure, la « prude craint de sauter le fossé », son embarras et les signes tangibles de son émotion valent consentement tacite. Valmont ne s'y trompe pas, lorsqu'il crie victoire, non sans hâblerie, en ravisseur sûr de sa conquête : « J'aurai cette femme ; je l'enlèverai au mari qui la profane : j'oserai la ravir au Dieu même qu'elle adore. » (VI) Le lecteur n'en doute guère, sinon qu'entre l'annonce de l'issue victorieuse (9 août) et la victoire effective évoquée au début de la quatrième partie (29 octobre), il s'écoule près de trois mois : « La voilà donc vaincue, cette femme superbe qui avait osé croire qu'elle pourrait me résister ! Oui, mon amie, elle est à moi, entièrement à moi » (CXXV). Le code de l'amour courtois est cette fois décomposé dans une durée dont on mesure soigneusement l'écoulement : « Savez-vous que voilà plus de deux mois que cette aventure m'occupe ? oui, deux mois et trois jours » (XCIX).

Les moyens d'approche

Le libertin aura donc eu tout le loisir de s'attarder aux manœuvres préparatoires qui donneront à la reddition de la victime la puissance d'une « véritable explosion » : ballets de regards (LXXVI) qui composent les « saynètes » d'un « quotidien de la séduction », selon l'expression de Caroline

Jacot Grapa ; pressions de la main et du bras ; chastes attouchements (XCIX), toutes les stratégies sont bonnes pour gagner quelques pouces de terrain auprès de la femme convoitée car « En amour, rien ne se finit que de très près » (CXXV). À cours d'inspiration cependant, Valmont ne sait plus quels « moyens » employer pour se frayer un chemin auprès de son « ingrate Dévote » (CX), sinon celui du viol dont il puise l'idée chez le romancier anglais, Richardson. Les deux photogrammes empruntés au film de Stephen Frears et à celui de Roger Vadim (voir encart iconographique pages II et III) montrent bien à cet égard les deux manières du vicomte : rapprochement insidieux ou empoignade à bras-le-corps. Ainsi, au moment de la fusion des corps, la logique n'est plus celle de la contiguïté, mais celle de la distance violemment abolie. La violence de l'attaque impose la suspension du récit et de fait l'ellipse* narrative élude le passage à l'acte : « et en effet elle ne revint à elle que soumise et déjà livrée à son heureux vainqueur » (CXXV). Belle ironie* que cette retenue qui tranche avec la brutalité de la méthode adoptée. Mais elle n'est pas qu'un effet de style : la litote* a valeur axiologique[1], elle indique que la jouissance sexuelle importe peu, au regard des *moyens* qui mènent à la volupté.

Cependant, au cœur même de sa victoire, le libertin ne tient pas le discours du plaisir amoureux ; son récit, digne d'une notice médicale, se borne à une stricte observation des « symptômes précieux [qui] annoncent, d'une manière non équivoque, le consentement de l'âme » (XCIX). Et de fait, les symptômes décryptés agissent : le corps prenant le pas sur la volonté, le désir réprimé s'exprime par la syncope et les convulsions (XCIX). Ce glissement est particulièrement frappant dans la scène-phare qui couronne en apothéose la conquête de la présidente. En observateur désormais averti, le vicomte ne reconnaît pas tant les symptômes qu'il ne les guette, voire ne les provoque, en usant de la pression morale (terreur, chantage à la mort, égarement de la raison). En une inversion de la scène

1. Axiologie : science des valeurs.

fondatrice du fossé, la malheureuse femme « *tomba* évanouie entre [les] bras » (CXXV, nous soulignons).

• Le dispositif triangulaire

Si des relations bilatérales se nouent, entre amants, entre amies, entre les confident(e)s et leurs protégé(e)s, les couples se font et se défont au gré des interférences. De manière insidieuse tout d'abord, les libertins s'immiscent dans les correspondances qui ne leur sont pas destinées ou se les transmettent ouvertement : Valmont intercepte ainsi les lettres que Mme de Tourvel adresse à Mme de Volanges ou à Mme de Rosemonde ; il joint en annexes du récit épique de la « Chute » de la dévote présidente (CXXV) sa correspondance avec le père Anselme (CXX, CXXIII). Dans un ordre d'idées comparable, Mme de Merteuil, en spectatrice amusée des amours enfantines de Cécile et Danceny, s'introduit dans leurs échanges épistolaires (XXVII et XXVIII), auxquels le vicomte prend également part en dictant à sa pupille le texte de ses déclarations amoureuses (CXVII, voir encart iconographique page V). Lisant plus de lettres qu'ils n'en écrivent, les deux complices sont donc en position de toute-puissance.

Tête pensante de l'ensemble de la machination, la marquise, surtout, n'a pas sa pareille pour parasiter les liaisons à deux termes : à la faveur d'un lien saphique, elle s'interpose entre Cécile et Valmont, puis entre la jeune fille et Danceny. Elle n'hésite pas à interférer dans les plans de conquête du libertin : dans le dessein de « rabattre » Cécile pour la jeter dans ses griffes, elle exhorte Mme de Volanges à exiler sa fille à la campagne, loin du maître de musique (LXIII). Puis elle pousse le vice jusqu'à réunir sous un même toit la dévote et l'ingénue : « À présent vous les avez sous la main. L'amour, la haine, vous n'avez qu'à choisir, tout couche sous le même toit » (LXXIV). Coup de maître enfin qui lui procure la jouissance de frapper sa rivale au cœur, elle fournit au vicomte un modèle de « lettre de rupture cinglante » [Laurent Versini], le fameux billet à refrain

– « Ce n'est pas ma faute » – que celui-ci s'empresse d'envoyer à la présidente (CXLI et CXLII). D'autres combinaisons sont expérimentées par la libertine qui éprouve un malin plaisir à placer sous les yeux de son ancien amant ses ébats avec Belleroche. La configuration triangulaire, qu'elle soit du côté de l'émetteur* ou du côté du récepteur*, vide la relation première de sa visée sentimentale et dote l'échange second d'une charge érotique à peine dissimulée. Érigé en voyeur, notamment dans les lettres à quatre mains, le tiers intrus vit par procuration les scènes qu'on lui refuse – c'est le cas de Valmont qui peut s'imaginer à la place du bienheureux Belleroche – ou celles qui lui sont interdites du fait de leur composante homosexuelle. La distance instaurée permet dans tous les cas de différer la jouissance, ou plus exactement de lui substituer le plaisir épuré et cérébral du texte.

Ce plaisir, savouré dans l'intimité de l'acte de lecture, serait incomplet cependant s'il n'était prolongé par la satisfaction de l'esclandre, exigeant à l'inverse le plus grand nombre. Pour le couple de roués, le moyen adopté importe peu au fond, l'essentiel étant d'établir des connexions souterraines, de parasiter les relations promises à la durée par des unions fugaces, puis de faire éclater au grand jour ces liaisons clandestines. Les actions scélérates, fomentées d'abord dans le plus grand secret, exigent ensuite un « cercle » qui applaudisse. Dans le château retiré de sa tante, Valmont reconstitue un petit théâtre qui lui sert commodément de cadre pour camper ses scènes de séduction amoureuse. S'il en rapporte d'abord le contenu à la marquise, c'est dans l'espoir et la certitude vaniteuse de trouver une plus large audience : « Qu'a-t-on de plus sur un plus grand théâtre ? des spectateurs ? Hé ! laissez faire, ils ne manqueront pas. S'ils ne me voient pas à l'ouvrage, je leur montrerai ma besogne faite ; ils n'auront plus qu'à admirer et applaudir. » (XCIX) Porter le scandale au grand jour, divulguer l'inavouable au lieu de l'étouffer, telle est la logique subversive du libertin qui tente de gripper les rouages de la machine sociale. À ce jeu périlleux, il risque certes d'être pris à son propre piège et c'est Mme de Merteuil la première qui en fera les frais, nous le verrons, lorsqu'elle sera livrée à la vindicte publique.

• Au cercle des roués

La fable théâtrale est ourdie par l'incroyable esprit d'invention de Mme de Merteuil, investie de toutes les fonctions auctoriales : démiurge quand elle prétend être à elle-même sa propre création ; metteur en scène distribuant à chacun sa partie, comme l'en prie d'ailleurs le vicomte en des termes fort explicites (« donnez-moi les réclames de mon rôle », LIX). Le photogramme extrait du film de Stephen Frears indique bien que c'est la femme qui dirige les opérations : l'emplacement des fauteuils, la posture des corps et le jeu des regards placent Valmont dans une position de subordination (voir encart iconographique page VII). Romancière en puissance surtout, la marquise lance la machine épistolaire par un projet dont Valmont, servant « l'amour et la vengeance », sera l'exécutant ; elle appâte son fidèle complice en faisant miroiter l'« Héroïne » de ce « nouveau Roman » qui ne demande qu'à être formée (II). À peine entamé, le roman épistolaire se réfléchit en abyme* : chaque « rouerie » devra constituer un épisode des futurs « Mémoires » du libertin, que Mme de Merteuil s'engage à rédiger sur-le-champ en vue d'une publication certaine (*ibid.*). Dûment consignées par écrit comme autant de traces et de preuves, les actions du couple diabolique acquièrent ainsi un caractère encore plus effrayant, parce que définitif.

Les deux roués, autrefois amants, sont liés à présent par un pacte épistolaire qui transforme l'espace de la lettre en confessionnal d'un genre nouveau. Mais tandis que le vicomte, sous couvert de badinage, se livre en pâture à son ancienne maîtresse, celle-ci, réclamant un plus haut prix que le don frivole du corps, exige qu'il se présente à elle sans aucune zone d'ombre. Dans cette logique du « compte ouvert » (CLXV), aucune relation, dès lors qu'elle est retranscrite sous une forme écrite, ne se vit dans l'immédiateté. Soumettre à son interlocutrice le premier jet de sa lettre à Mme de Tourvel (XXIV et XXV), lui rapporter les progrès de sa liaison et, plus généralement, dévoiler le détail de ses plans de séduction implique que soit mise à distance toute passion amoureuse. De même, il n'est pas de dissimulation qui tienne : Valmont se voit donc enchaîné à l'impérieuse marquise par un devoir de transparence qui l'oblige à abdiquer une part de sa liberté d'action et de pensée, au nom des « principes » – le terme est récurrent – qui lui sont chers.

Elle ne se trompe pas de beaucoup : quelques lettres plus tôt, Valmont, constatant que le désir mène insensiblement à l'amour et à un amour qui tourne à l'obsession (LXXIX), se débat avec ses propres démons. Alors même qu'il se défend d'évoquer Mme de Tourvel, tout occupé qu'il est à relater pour la marquise l'avancée spectaculaire de son aventure avec Cécile, il y revient une seconde fois, comme mû par un attrait irrépressible : « Mais j'oublie, en vous parlant d'elle, que je ne voulais pas vous en parler. Je ne sais quelle puissance m'y attache, m'y ramène sans cesse, même alors que je l'outrage. Écartons sa dangereuse idée ; que je redevienne moi-même pour traiter un sujet plus gai » (XCVI). S'il ne fait aucun doute que le sujet, confronté à l'expérience de l'altérité, est devenu, selon un scénario que lui-même jugeait improbable du reste, un « libertin amoureux » (LVII), il faut se garder de conclure hâtivement à une logique de type « arroseur-arrosé ». La vérité se tient plutôt à l'articulation fragile entre la proximité et la distance, et dans la réversibilité de ces deux termes. D'ailleurs, dans le souci de laisser en suspens les sentiments de Valmont, Laclos a supprimé une lettre (CLIV) dans laquelle celui-ci, repentant, déclarait très explicitement sa flamme à la présidente. L'âpre et sourde bataille que le vicomte se livre à lui-même pour endiguer l'angoisse de l'attachement amoureux rappelle aussi sa relation ambivalente avec Mme de Merteuil. Les refus catégoriques concernant Mme de Tourvel sonnent à cet égard comme un aveu voilé : « Je chéris cette façon de voir, qui me sauve de l'humiliation de penser que je puisse dépendre en quelque manière de l'esclave même que je me serais asservie » (CXXV). Non seulement il se fourvoie lourdement, mais l'on reconnaît aisément dans ses formulations réitérées la dialectique du maître et de l'esclave qui le lie au moins autant à la dévote qu'à la scélérate.

Du reste, il paraît difficile d'échapper à l'œil supérieur et obsessionnel de cette femme, dont la clairvoyance s'inscrit en toutes lettres dans la finale de son nom. Elle a non seulement vite fait de percer à jour les visées conscientes de ses interlocuteurs, mais elle sait également déchiffrer leurs motivations inconscientes. Grâce à son impitoyable capacité d'analyse, elle lit en effet à livre ouvert dans le cœur de tous ses correspondants, et surtout dans celui du vicomte. Elle diagnostique très tôt les véritables sentiments de son partenaire (X) et reconduit à plusieurs reprises son jugement premier : « le sentiment qui vous attache à Mme de Tourvel ? C'est de l'amour, ou il n'en exista jamais » (CXXXIV). Alors que le vicomte, habile rhéteur par ailleurs, se défend formellement d'être aliéné à la présidente par toute espèce de sentiment amoureux[1], Mme de Merteuil, saisissant le mot au vol, débusque de manière pénétrante ses dénégations : « Mais ce que j'ai dit, ce que j'ai pensé, ce que je pense encore, c'est que vous n'en avez pas moins de l'amour pour votre Présidente » (CXLI). Puis elle affine encore son diagnostic et remporte ainsi haut la main sa joute oratoire : l'amour qui réduit le libertin à l'état de « tyran » ou d'« esclave » est celui « qu'un Sultan peut ressentir pour sa Sultane favorite, ce qui ne l'empêche pas de lui préférer souvent une simple Odalisque » *(ibid.)*.

• La liaison impossible

En effet, la dynamique des liaisons est sans cesse perturbée par l'association consommée et pourtant toujours désirée entre

1. « [...] non, je ne suis point amoureux ; et ce n'est pas ma faute si les circonstances me forcent d'en jouer le rôle », CXXXVIII.

les deux libertins, par le rêve d'une fusion dont il semble difficile de faire le deuil. La scène, saisie par Roger Vadim à travers les carreaux d'une fenêtre (voir encart iconographique page VI), suggère la proximité distante entre les deux personnages, mari et femme du reste dans l'adaptation moderne, qui se font face de part et d'autre du miroir de la coiffeuse. C'est dans cette relation paradoxale que réside le véritable suspense du roman, et non dans la capitulation prévisible de la présidente et de Cécile. Car une fois ces deux femmes conquises, l'étape suivante pour Valmont sera de posséder à nouveau la marquise : « Aussitôt que vous aurez eu votre belle Dévote, que vous pourrez m'en fournir une preuve, venez, et je suis à vous » (XX). Bien qu'instigateurs de l'intrigue, les amants d'hier restent cependant séparés physiquement jusqu'au début du mois de décembre, avant que le vicomte ne surprenne la perfide dans les bras de Danceny (CLI). Pour abolir la distance qui les tient éloignés, ils n'ont pas d'autre recours que de se livrer bataille. C'est sur la base de la monstruosité que se règlent d'abord leurs rapports contractuels. Dès le premier échange, l'hypocoristique* est lancé par la marquise (« *monstre* que vous êtes », II), repris au vol par Valmont (IV) qui avouera à maintes reprises par la suite son goût prononcé pour la bizarrerie, pour ce qui s'écarte de la norme. Il lui faudra montrer, par ses aventures ultérieures, qu'il est bien à la hauteur de l'image qu'on lui tend.

Jusque-là, la joute libertine est affaire de mots, chacun se contentant d'aiguiser sa plume dans un juste équilibre de la terreur, mais dès la troisième partie, la querelle s'envenime et les deux complices se toisent dans une forme de guerre larvée. Mme de Merteuil juge d'un œil peu amène les méthodes de son acolyte, acculé à une impasse, « [...] réduit à rien [...] entre deux femmes dont l'une était déjà au lendemain, et l'autre ne demandait pas mieux que d'y être » (CVI). Elle lui reproche notamment de ne rien « inventer » *(ibid.)*, de manquer de ressources imaginatives, de « génie » et d'« éclat », autant de qualités qu'exigerait pourtant sa condition de libertin. Si la présidente de Tourvel est bien l'enjeu principal de leur discorde, la jalousie à l'égard d'une rivale ne suffit pas à expliquer le ton de raillerie qu'adopte la marquise. Elle qui se compare volontiers à une figure biblique mythique, à une Dalila tranchant la chevelure de bien des « Samsons modernes » (LXXXI), elle impose par ses jugements péremptoires une castration symbolique à son interlocuteur. En tournant en dérision, non sans dédain, chacune des conquêtes de son partenaire, elle annihile de fait cette virilité qu'elle endosse elle-même, étant parvenue à se « faire homme » *(ibid.)*. Or la réaction du vicomte ne laisse pas d'étonner et dépasse la simple inversion des rôles : il se définit à plusieurs reprises comme « l'ouvrage » de la femme convoitée et, par une sorte d'allégeance propre à l'amour courtois, il revendique même ce statut *a priori* dégradant.

On l'aura compris, loin d'une banale guerre des sexes, les déclarations belliqueuses que font explicitement entendre les échanges épistolaires ont pour envers obligé une demande d'amour implicite. À l'horizon du roman, miroite en effet la plénitude d'une passion absolue qui ne se laisse plus désirer que sur le mode de la nostalgie pour Mme de Merteuil, comme « un bonheur qui ne peut revenir » (CXXXI), et sur celui de l'illusion tenace pour son partenaire qui croit, ou feint de croire, que leurs « liens ont été dénoués, et non pas rompus » (CXXXIII). Se refusant à l'« éternelle rupture » (XV), que semble invoquer la marquise, le libertin déroge au protocole qu'il s'était fixé. Devant son égale, il ne cherche plus à temporiser, mais au contraire à se frayer un chemin direct vers la jouissance. Ignorant impunément l'état de guerre, il fait mine jusqu'au bout de conquérir son ancienne maîtresse.

La rupture menace toutefois lorsque Mme de Merteuil lui signifie son congé sans autre forme de délai (CXXVII) et elle est consommée à partir du vulgaire flagrant délit (CLI). L'affrontement n'est plus seulement verbal, il s'accompagne de mises à l'épreuve qui sont des mises en demeure. Chacun brandit, dans cette perspective, sa propre entreprise de conquête pour se mesurer à l'autre. Bientôt, la dévote présidente et l'inexpérimenté Danceny deviennent l'enjeu d'un chantage, des trophées qu'il faut sacrifier en guise d'expiation. C'est du moins le sens de la sommation que le vicomte adresse à sa complice, la priant instamment de renoncer à sa « fantaisie » et, se référant au langage théâtral, d'écarter « ce *tiers importun* » (CLI). Bien évidemment, la marquise lui oppose un refus catégorique : elle prend l'avantage en menaçant de faire chanter le libertin, visiblement compromis dans une affaire politique (CLII). Puis elle revient à la charge à travers une rhétorique* démonstrative implacable qui ne laisse pour ainsi dire pas de marge de manœuvre à son interlocuteur : « Ou vous avez un rival, ou vous n'en avez pas. Si vous en avez un, il faut plaire pour lui être préféré ; si vous n'en avez pas, il faut encore plaire pour éviter d'en avoir » *(ibid.)*. D'un même mouvement, elle se soustrait à l'empire que Valmont voudrait exercer sur elle et, par l'alternative qui n'en est pas une, le confine au rôle de vulgaire séducteur à la merci de sa dame. Et de fait, en une pirouette ultime, elle achève sa lettre en se montrant « grand seigneur » : faussement magnanime, elle lui accorde pour privauté un « aimable » badinage, dont elle seule disposera, selon son bon vouloir. Le vicomte rétorque le jour même. Au chantage, il oppose une fin de non-recevoir : étant entendu qu'ils possèdent l'un et l'autre un pouvoir de nuisance équivalent, il choisit de se placer sur un autre terrain et de resserrer un peu plus le « cercle étroit » où ils se trouvent. En réponse à la logique binaire précédemment déployée, il engage une épreuve de force dont il fixe lui-même les termes manichéens : refusant d'être le jouet de ses « raisonnements » et de ses « cajoleries », il somme sa partenaire de se décider entre « le oui et le non », entre l'amour et la haine, entre l'offre de paix et la « déclaration de guerre » et n'exige pour réponse que « deux mots » (CLIII).

La riposte ne tarde pas. Elle est cinglante autant que concise et loge en une formule nominale griffonnée « au bas de la même Lettre » : « Hé bien ! la guerre. » Le « laconisme [...]

Frontispice du tome II des *Liaisons dangereuses*, Londres, 1796 (Bibliothèque nationale de France, Paris).

« [...] c'est rendre un service aux mœurs, que de dévoiler les moyens qu'emploient ceux qui en ont de mauvaises pour corrompre ceux qui en ont de bonnes, et je crois que ces Lettres pourront concourir efficacement à ce but. » (préface du rédacteur)

Michelle Pfeiffer (Mme de Tourvel) et
John Malkovitch (Valmont) dans le film de Stephen Frears,
Les Liaisons dangereuses, 1988.

« *[...] dans cette situation, à mesure que la défense mollit, les demandes et les refus se passent de plus près ; [...] la tête se détourne et les regards se baissent, tandis que les discours, toujours prononcés d'une voix faible, deviennent rares et entrecoupés.* » (XCIX)

**Jeanne Valérie (Mme de Tourvel)
et Gérard Philipe (Valmont) dans le film de Roger Vadim,
Les Liaisons dangereuses, 1959.**

« Laissons le Braconnier obscur tuer à l'affût le cerf qu'il a surpris ; le vrai Chasseur doit le forcer. » (XXIII)

Les Liaisons dangereuses, gravure par Lingée d'après Monnet, Londres, 1796 (Bibliothèque nationale de France, Paris).

« Jamais je n'eus autant de plaisir en vous écrivant [...] ; la table même sur laquelle je vous écris, consacrée pour la première fois à cet usage, devient pour moi l'autel sacré de l'amour, combien elle va s'embellir à mes yeux ! » (XLVIII)

Gravure par Mademoiselle Gérard, page 153 du tome II des *Liaisons dangereuses*, Londres, 1796 (Bibliothèque nationale de France, Paris).

« […] et je l'ai décidée à en écrire une autre sous ma dictée ; où, en imitant du mieux que j'ai pu son petit radotage, j'ai tâché de nourrir l'amour du jeune homme, par un espoir plus certain. » (CXV)

Gérard Philipe (Valmont) et Jeanne Moreau (Mme de Merteuil) dans le film de Roger Vadim, *Les Liaisons dangereuses*, 1959.

« *Dans le temps où nous nous aimions, car je crois que c'était de l'amour, j'étais heureuse ; et vous, Vicomte ?... Mais pourquoi s'occuper encore d'un bonheur qui ne peut revenir ? Non, quoi que vous en disiez, c'est un retour impossible.* » (CXXXI)

Glenn Close (Mme de Merteuil) et John Malkovitch (Valmont) dans le film de Stephen Frears, *Les Liaisons dangereuses*, 1988.

« [...] donnez-moi les réclames de mon rôle. » (LIX)

Le Verrou, peinture de Jean-Honoré Fragonard, 1774
(Musée du Louvre, Paris).

« La jeune personne habite une chambre dont une porte donne sur un corridor ; mais, comme de raison, la mère en avait pris la clef. Il ne s'agissait que de s'en rendre maître. » (XCVI)

sublime »[1] de l'énoncé performatif* laisse éclater tout le mépris où la marquise tient son acolyte. Non seulement elle se dispense de papier à lettres, mais elle ne se donne même pas la peine de former ces « longues et belles phrases » que le libertin critiquait, se contentant de pasticher* le style de celui qui s'exclamait devant Mme de Tourvel : « Hé bien ! la mort ! » (CXXV). Ainsi, en l'espace de trois lettres, entre le 3 et le 4 décembre, l'hostilité rentrée aura tourné au jeu agonistique* et un dernier échange le confirme. Valmont s'arrange en effet pour jeter Cécile dans les bras de Danceny ; fier de son exploit, il s'empresse de cueillir la marquise à son réveil par une lettre où il savoure à l'avance sa propre victoire (CLVIII). Par un « Billet » aussi laconique que comminatoire, son interlocutrice le bat froid et clôt l'échange en se plaçant sur le terrain de l'action efficace et non plus sur celui de l'escrime verbale : « Je n'aime pas qu'on ajoute de mauvaises plaisanteries à de mauvais procédés [...]. Quand j'ai à me plaindre de quelqu'un, je ne le persifle pas ; je fais mieux : je me venge. » (CLIX) Ce sera leur ultime passe d'armes : la libertine aura eu le dernier mot, tout comme elle avait eu le privilège de convoquer la première « son cher vicomte »[2]. Selon la traditionnelle association entre Éros et Thanatos, les deux complices sont désormais asservis l'un à l'autre par des attaches que seule la mort dénouera. Et de fait, la lame tranchante de l'épée, symbole phallique évident se substituant à la pointe acérée de la plume, viendra mettre un terme à leur alliance. Ainsi, le dispositif mis en place par leurs soins, dès lors qu'il se fonde sur une impossibilité structurelle, contient en germe son propre échec ; c'est l'essence même du libertinage, voué à la vanité d'une quête tragique, qui se trouve altérée ici.

1. Nous empruntons ces termes à Jean Goldzink, *Le Vice en bas de soie ou le roman du libertinage*, Paris, Éditions de Minuit, 2001, p. 58.

2. On se rappelle en quels termes la marquise ordonnait à Valmont de revenir dans son giron : « Revenez, mon cher vicomte, revenez : que faites-vous, que pouvez-vous faire chez une vieille tante dont tous les biens vous sont substitués ? Partez sur-le-champ ; j'ai besoin de vous. » (II)

Un projet d'édification ambivalent

• L'encadrement moral

En contrepoint de l'échange libertin, on note l'intervention moralisatrice des diverses instances fictives. Le préfacier, pour commencer, avance comme l'un de ses arguments majeurs le parti pris d'utilité et d'édification morale. Conformément à l'épigraphe* rousseauiste inscrite à son fronton, l'œuvre opère de manière cathartique*. Exhiber les travers de ce temps-ci ou d'une époque plus lointaine est la meilleure voie pour s'en prémunir. Cet impératif n'est du reste jamais perdu de vue, et jusqu'à la dernière lettre du recueil, les personnages, gardiens de l'ordre établi, font entendre leur désapprobation. L'approche de la fin se signale en effet par l'étroite correspondance entre les parentes douairières, vers qui converge, nous l'avons déjà dit, la majeure partie des lettres. Discrètes d'abord en tant que confidentes, elles jouent un rôle de plus en plus prépondérant à la fin du roman et de simples spectatrices sont érigées en juges de cette tragique tétralogie. Avant d'être frappée à son tour par le sort, Mme de Volanges dénonce, à l'intention de Mme de Rosemonde, les innombrables « malheurs que peut causer une seule liaison dangereuse » (CLXXV). Auparavant, les deux femmes dressaient d'ailleurs un bilan désabusé de la vie de leur amie commune, la présidente de Tourvel, montrant comment une seule « imprudence », née du commerce amoureux, a pu faire basculer, en moins d'une année, une femme vertueuse et comblée de bonheur dans la tragédie (CLXV). Leur condamnation fait écho aux leçons du rédacteur, et notamment à ces deux vérités premières énoncées en guise de mise en garde : les jeunes filles ne doivent jamais se laisser séduire par un libertin et les mères de famille ne jamais relâcher leur vigilance. Mais il y a plus : l'intervention finale des gardiennes de l'ordre moral contrarie l'ambition première des libertins qui souhaitaient non seulement causer la perte des âmes pures, mais en dernier ressort « publier » cette corruption pour la porter sur le théâtre du monde. L'axiome est clairement énoncé par la marquise – « […] dans les affaires importantes, on ne reçoit de preuves que par écrit » (XX) – et se retourne cruellement contre elle.

Comment interpréter cet entêtement à vouloir boucler la boucle, comme un pied de nez ironique de la part de Laclos ou bien comme une manière habile de prévenir les attaques en règle qu'on pourrait lui faire au nom de la bienséance* ? Il est difficile de trancher car s'il s'agit, comme le laissent entendre les déclarations préfacielles, de « dévoiler » la corruption des mœurs, le verbe dit assez, par sa neutralité, que la visée correctrice n'est pas pleinement prise en charge. Quant aux rares notes disposées en contrepoint des lettres, elles suffisent à peine à imposer la voix du moraliste, ou du moins à lui conférer toute sa crédibilité. Lors de ses incursions dans le libre déroulement de l'intrigue, le rédacteur se borne en effet à révéler ce que tout le monde sait déjà : « Le Lecteur a dû deviner depuis longtemps par les mœurs de Mme de Merteuil, combien peu elle respectait la Religion » (LI). En outre, s'il égratigne à la marge le jargon libertin, par manière de désapprobation, il attire également l'attention du lecteur sur les petits mensonges de Mme de Tourvel, lorsque celle-ci omet de signaler à Mme de Volanges qu'elle a fait suivre Valmont (XXII). Il dénonce ainsi la noirceur des roués autant que les zones d'ombre de la vertu.

• Une leçon en demi-teintes

Le dénouement proprement dit ne permet pas de dissiper véritablement l'ambiguïté et l'on note à cet égard une discordance entre le texte et ses illustrations, notamment allégoriques (voir encart iconographique page I). Le signal de la fin est donné par un événement anodin en apparence et pourtant hautement symbolique, le retour prochain de M. de Gercourt, annoncé par Mme de Volanges (CLXX). On pourrait penser que l'ordre matrimonial permettra de sauvegarder les apparences sociales. Or, si les dernières lettres règlent le sort de chacun des acteurs du drame, elles ne font pas office de rétablissement moral. La mort d'abord sanctionne indifféremment et aveuglément la victime innocente et son bourreau : Valmont succombe à ses blessures à la suite d'un duel avec Danceny et sa mort entraîne celle de la présidente de Tourvel. Injustice supplémentaire, malgré la noirceur fondamentale du vicomte, son entourage s'emploie à lui tisser une réputation usurpée. Le récit de son fidèle serviteur, Bertrand, rétablit la dignité d'un homme qui, dans son dernier souffle, scelle une amitié virile avec Danceny qu'il charge paradoxalement de rétablir la justice en sa faveur (CLXIII). Ses dernières volontés, dictées à celui-là même dont il s'était joué, sont pour sa complice d'autrefois à laquelle il espère porter durablement préjudice en publiant sa correspondance. Sur le point de quitter le théâtre du monde, le « monstre » se rachète-t-il une conduite ou bien fomente-t-il sa dernière intrigue ? Toujours est-il que le jeune homme s'exécute en faisant circuler les lettres les plus compromettantes de Mme de Merteuil, avant de rejoindre l'ordre des chevaliers de Malte (CLXXIV). Ainsi, les anciens ennemis s'associent dans une vengeance commune, qui ne tarde pas à porter ses fruits.

En effet, lors d'une soirée à la Comédie-Italienne, la libertine est répudiée devant un cercle de témoins au profit de son rival, M. de Prévan, et s'attire ouvertement l'opprobre public (CLXXIII). Sa réputation est durablement entachée sur la scène mondaine, où elle fait sa dernière sortie théâtrale, donnant la dernière victoire, *post mortem*, au vicomte. Le lendemain soir, nouveau coup du destin, elle est frappée par la petite vérole. La contagion vénérienne, pour être fréquente à l'époque, n'en signifie pas moins que la marquise ne pourra plus se composer un masque d'honnête femme, qu'elle est condamnée à porter les stigmates de son infamie sur son visage désormais défiguré. La toute dernière lettre du recueil nous apprend encore qu'elle est devenue borgne, comme l'annonçait la diphtongue ironiquement prophétique de son nom ; qu'en outre, elle a perdu son procès et que ruinée, elle s'exile en Hollande. Le dénouement semble respecter le code de bonne conduite puisque la société a éliminé de ses rangs l'élément déviant et qu'en outre, la volonté de Mme de Rosemonde de garder les lettres sous scellé viendrait endiguer d'une certaine manière la logique de divulgation propre aux libertins. On voit par là que l'hédonisme ne tient pas lieu de morale, qu'il entraîne le malheur des autres et cause la perte du jouisseur. Cependant, c'est là un bouclage bien tardif, confié qui plus est à des porte-parole que l'aveuglement, pour Mme de Volanges, ou l'indulgence, pour Mme de Rosemonde, rendent assez peu fiables. La réhabilitation finale du haut fonctionnaire Prévan, aux mœurs tout aussi douteuses que celles de Valmont, n'est de ce point de vue qu'un rétablissement ironique de la justice. Le véritable épilogue* vient ajouter à la confusion : une note de l'éditeur précise en effet que l'inachèvement du recueil l'oblige à ajourner le récit des aventures de Cécile et celui des « sinistres événements qui ont comblé les malheurs ou achevé la punition de Madame de Merteuil ». La fin ouverte laisse supposer que le sort des personnages n'est pas définitivement scellé ; la rigueur de la sanction morale s'en trouve, du même coup, tempérée.

• L'entropie ou le retour dégradé

En réalité, la construction circulaire du recueil masque une dégradation de la situation initiale, sans qu'il y ait véritablement gain de moralité : Cécile de Volanges sort vierge du couvent, pour y retourner, à la fin du roman (CLXX), en fille rompue aux plaisirs libertins, mais nullement alerte. *Caecilia*, la petite aveugle, n'a d'ailleurs guère évolué : entre la scène inaugurale de méprise (I)[1] et la fin du roman, elle ne « sait [toujours] rien », elle qui se plaint justement à Sophie Carnay de son ignorance. Son angélisme l'aveugle et la rend finalement volage : sa chute contredit cruellement à cet égard les sèmes* d'envol contenus dans son nom.

1. Rappelons qu'elle avait confondu le « Monsieur en noir », en réalité le cordonnier venu prendre, non pas sa main, mais les mesures de son pied, avec son prétendant.

La satire de l'éducation féminine

Sa stagnation et sa gaucherie persistante sont à l'exacte image des « éducations cloîtrées » qui ne préparent pas les jeunes filles à décrypter les signes du monde. Sa mère, gardienne des lois inviolables de la liaison matrimoniale, a elle aussi notablement échoué dans sa fonction d'éducatrice : elle se voit obligée de renoncer à ses plans et notamment au mariage d'intérêt qui devait unir Cécile au comte de Gercourt ; pour sauvegarder les apparences sociales, elle consent même à ce que sa fille épouse Danceny. En ce sens, le libertinage vaut comme satire de l'éducation féminine, notamment celle professée dans les couvents où s'abrite la vertu outragée, mais où le vice n'a aucun mal à s'introduire. En effet, la religion n'a été ni pour Cécile, ni pour la dévote présidente, un rempart efficace contre le danger des liaisons et elle ne servira de refuge qu'en ultime recours. Que penser encore de l'entrée subite de Cécile et de son maître de musique dans les ordres, sinon qu'elle jette le doute sur ces vocations religieuses nées sur le tard et, semblerait-il, par dépit ou par consolation ? En outre, les représentants de l'Église ne sont guère plus fiables. Valmont le sait bien qui n'hésite pas à profaner la maison de Dieu pour parvenir à ses fins. Grâce à son art consommé de la rhétorique*, il parvient à tromper la crédulité du père Anselme, confesseur de Mme de Tourvel, pour servir ses intérêts auprès de la dévote (lettre CXX) et précipiter finalement sa perte. C'est également au sein du confessionnal que Mme de Merteuil, jeune fille encore ignorante des plaisirs de la chair, joue les pénitentes et s'accuse de « tout ce que font les femmes » (LXXXI) : le discours que déploie alors le « bon Père », loin de la prémunir contre le péché et faisant au contraire office d'aiguillon, suscite en elle le désir de non seulement « connaître » la tentation, mais aussi d'y « goûter » *(ibid.)*.

La loi sociale n'est pas non plus épargnée. Les liens tissés au gré des lettres finissent par se dissoudre de manière dramatique ou tragique, laissant les personnages fondamentalement seuls : mariage rompu de la présidente de Tourvel qui se retire au couvent avant de succomber à son chagrin, projet de mariage avorté de Cécile et de Gercourt, idylle interrompue avec Danceny, mise à mort sociale de la marquise, abandonnée de tous, y compris de ses gens, solitude de Mme de Volanges et de Mme de Rosemonde qui ont respectivement perdu l'une sa fille, l'autre son neveu et toutes deux une amie chère en la personne de la présidente. Dans cette symphonie de voix, d'où n'émergent en finale que des voix singulières et isolées, se lit peut-être la désagrégation du tissu social. La discontinuité des points de vue épouserait en ce sens la vision d'un monde en dérive.

Une sanction inégale

Le lecteur peut ainsi légitimement s'interroger sur le vacillement des valeurs, sur le discernement moral de l'aristocratie qui applaudit aux actions scélérates, tant qu'elles se déguisent sous des apparences convenables. Ainsi, les gens de bonne compagnie admettent dans leurs rangs des libertins tels que Valmont, protégés par l'immunité de leur titre et de leur fortune, et bénéficiant de surcroît de la discrimination sexuelle. Comment comprendre en effet que les roués ne soient pas logés à la même enseigne, selon qu'ils sont du sexe fort ou du sexe faible ? Le vicomte recueille l'unanimité et, grandi par sa mort, est exonéré de ses fautes. C'est loin d'être le cas pour la marquise dont la conduite constitue visiblement une transgression majeure. Toutes les voix s'élèvent pour la condamner sans retour et c'est d'ailleurs le spectacle de cette perversité féminine qui fut choquant pour les contemporains de Laclos. Dans ce tourbillon de faux-semblants où le libertin est ouvertement hypocrite tandis que les membres de la bonne société le sont discrètement, le vice et la vertu sont d'une certaine manière renvoyés dos à dos. Si morale il y a, les critiques y ont suffisamment insisté, elle est dans la condamnation rousseauiste de l'écriture, mensongère par essence et symptôme de la dépravation sociale. La liaison dangereuse, en tant que trace écrite, dit en creux la nostalgie de la parole originelle et de la communion transparente des cœurs à l'état de nature. Les frontispices allégoriques de l'édition de 1796, dans leur version théologique, sont éloquents à cet égard : la lettre et le masque, attributs de Valmont et de Mme de Merteuil, sont bien les instruments qui servent à opprimer l'innocence.

3. LE TRAVAIL DE L'ÉCRITURE

La rhétorique* du genre épistolaire

Le « pacte épistolaire », essentiellement fondé sur les lois de vraisemblance, reproduit en premier lieu tous les codes d'une lettre ordinaire : mise en page spécifique, système énonciatif qui traduit l'échange entre l'émetteur* et le destinataire, formules d'adresse et de prise de congé conventionnelles, mention de la date et du lieu d'envoi. Dans son déroulement même, la lettre privilégie les fonctions expressive*, conative* et phatique* du langage. Hormis certaines entrées en matière conventionnelles, l'épistolier adopte souvent le ton naturel d'une conversation suivie et mime le feint jaillissement d'une spontanéité. Grâce à une batterie de questions, Mme de Merteuil ouvre sa lettre de semonce adressée à Valmont par une accroche efficace : « Me boudez-vous, Vicomte ? ou bien êtes-vous mort ? ou, ce qui y ressemblerait beaucoup, ne vivez-vous plus que pour votre Présidente ? » (X) Ailleurs, le début *in medias res** reprend le fil d'un dialogue à peine interrompu par les délais d'acheminement postal. Voici par exemple comment la marquise satisfait la curiosité de son compère : « Vraiment, oui, je vous expliquerai le billet de Danceny » (LXIII). Le vicomte lui-même sait employer toutes les ressources de la *captatio benevolentiae** pour s'attacher sa destinataire, en l'occurrence Mme de Tourvel. Variation tout entière sur la modalité interrogative, la lettre LVIII multiplie les objurgations[1] et s'engage dès la première ligne sous l'égide d'une rhétorique* pressante : « Par où ai-je donc mérité, Madame, et les reproches que vous me faites, et la colère que vous me témoignez ? ». En tant que lieu particulièrement stratégique, l'exorde* est ici, comme souvent du reste dans *Les Liaisons dangereuses*[2], l'occasion de renouveler un pacte

1. Objurgations : prières pressantes.
2. Tel serait le sens des promesses sur lesquelles s'achèvent les lettres de la marquise, comme si véritablement elles comblaient un intervalle entre deux rendez-vous : « Adieu, Vicomte ; malgré mes querelles, mes malices et mes reproches, je vous aime toujours beaucoup, et je me prépare à vous le prouver. » (CXLV)

d'engagement ou de formuler plus simplement une demande : « je vous crie : écoutez mes prières, et voyez mes larmes ; ah ! Madame, me refuserez-vous ? » *(ibid.)*.

• Les variations de style

Si elles ont en commun un certain nombre d'invariants propres aux lois du genre, les lettres reflètent, et le rédacteur y insiste dans sa préface, la manière propre de chaque épistolier, en fonction de son âge, de son rang social et de son sexe. Idiolecte* et sociolecte* concourent donc à « l'effet-personnage » [Yves Le Hir] qui fait de ce roman épistolaire un collectif de douze voix individuelles. Il y a loin, par exemple, de la prose mesurée de Mme de Rosemonde, digne image de la crispation arthritique de sa main, aux lignes échevelées de la jeune Cécile, remarquables par leur pauvreté syntaxique et leurs tournures fautives : « *Tenez*, en lisant sa dernière Lettre, j'ai pleuré *que ça* ne finissait pas ; et je suis *bien* sûre que si je ne lui réponds pas encore, *ça* nous fera *bien* de la peine » (XXVII, c'est nous qui soulignons). L'oralité impulsive caractéristique de ses lettres révèle les lacunes de son apprentissage et la candeur de celle qui se jette à corps perdu dans l'activité épistolaire. Les variations de style sont également dictées par les circonstances. Les échanges intimes alternent ainsi avec des fragments de correspondance officielle et mondaine : lettres de congratulations, comme celle que Mme de Tourvel adresse à Mme de Volanges pour le futur mariage de sa fille (VIII) ; bulletins de santé de plus en plus alarmistes faisant état du dépérissement de la présidente (CXLVII, CXLIX, CLIV, CLX) ; faire-part du décès de Valmont (CLXIII).

Au-delà de cette diversité, deux rhétoriques* s'affrontent principalement que sous-tendent deux visions du monde : celle des libertins qui pratiquent la scission des signes et celle des bien-pensants qui croient au contraire au fonctionnement monosémique* du langage. Ceux-là, majoritaires, adhèrent bien évidemment à l'ordre du discours ; dans leur cas, la lettre-soliloque* épouse la courbe de leurs humeurs. Les premières lettres de Cécile notamment se perdent en vains babillages, en considérations anodines sur l'écoulement de ses journées d'oisiveté : « Il n'est pas encore cinq heures ; je ne dois aller retrouver Maman qu'à sept : voilà bien du temps, si j'avais quelque chose à te dire ! Mais on ne m'a encore parlé de rien » (I). La jeune personne confie encore à Sophie Carnay les mouvements les plus spontanés de son cœur, son appréhension à l'idée de rencontrer celui qu'elle prend pour son prétendant, puis, après une interruption momentanée de la lettre, son embarras lorsqu'elle réalise sa méprise : « Si c'était le Monsieur ? Je ne suis pas habillée, la main me tremble et le cœur me bat » et « Comme tu vas te moquer de la pauvre Cécile ! Oh ! j'ai été bien honteuse ! [...] Je ne peux te rendre combien j'ai été honteuse » (*ibid.*). Cécile est bien cette « écolière » qu'évoquent Mme de Merteuil et Valmont, celle qui écrit « toujours comme un enfant » (CV) et qui, à ce titre, n'a pas encore eu accès au langage[1] et à l'apprentissage sémiotique du monde. Maîtrisant avec peine l'usage de la parole et la grammaire des corps, l'ancienne pensionnaire est tout aussi incapable d'instaurer la distance nécessaire entre le sentiment vécu et sa retranscription. Après avoir perdu sa virginité, elle se confesse à la marquise, en une lettre confuse, où le trouble se lit et se fait même visible : l'aposiopèse*, matérialisée par les points de suspension, mimerait d'une certaine manière le tremblé de l'écriture (XCVII). Il semblerait que la jeune fille, qui n'ose même pas apposer sa signature au bas de sa lettre, soit frappée d'aphasie, voire d'« agraphie ». La suite de son épître* n'est que contradictions, retouches rétractiles, phrases contournées et embarrassées qui trahissent tout simplement l'ignorance de celle qui découvre, à son corps défendant, l'émoi charnel : « Je ne sais pas comment cela se faisait : sûrement, je n'aime pas M. de Valmont, bien au contraire ; et il y avait des moments où j'étais comme si je l'aimais... Vous jugez bien que ça ne m'empêchait pas de lui dire toujours que non : mais je sentais bien que je ne faisais pas

1. Littéralement, l'*infans* est celui qui ne sait pas parler.

comme je disais ; et ça, c'était comme malgré moi ; et puis aussi, j'étais bien troublée ! ». On est bien loin ici du récit cathartique* qui supposerait que l'on satisfasse au préalable à une représentation des passions.

Au nombre des épistoliers naïfs, le « sentimentaire Danceny », comme le désigne dédaigneusement Valmont (CXLIV), figure lui aussi en bonne place. Son inexpérience sexuelle n'a d'égale que sa maladresse verbale. Face à une interlocutrice aussi redoutable que Mme de Merteuil, sa prose atteint en effet des sommets de médiocrité qui valent bien les ânonnements de Cécile. Prompt à s'enflammer pour celle qui fut jusque-là une amie chaste (CXVIII), le jeune homme alterne, avec une application comique, le tutoiement octroyé à la maîtresse et le vouvoiement réservé à la confidente : « Ô vous que j'aime ! ô toi que j'adore ! ô vous qui avez commencé mon bonheur ! ô toi qui l'as comblé ! [...] Ah ! Madame, calmez-vous, c'est l'amitié qui vous le demande. Ô mon amie, sois heureuse, c'est la prière de l'amour » (CXLVIII).

• Les maîtres du langage

Refusant de céder à ces bavardages futiles, le libre penseur abhorre tout ce qui, de près ou de loin, évoquerait la sensiblerie amoureuse. Mme de Merteuil le sait bien qui est passée maître dans l'art de la distanciation. À son grand regret, elle constate, selon ses propres termes, que Cécile dit tout ce qu'elle pense, mais rien de ce qu'elle ne pense pas et, en correspondante et en lectrice avertie, elle le presse de suivre son exemple : « [...] quand vous écrivez à quelqu'un, c'est pour lui et non pas pour vous : vous devez donc moins chercher à lui dire ce que vous pensez, que ce qui lui plaît davantage » (CV). La jeune ingénue n'est d'ailleurs pas la seule à bénéficier de ses petites leçons d'écriture. À Danceny, elle ordonne de quitter le « jargon » amoureux, « ce ton de cajolerie » qui est à la portée du premier romancier venu et qui ne paraît pas convenir au « style de l'amitié ». Malgré l'hypocrisie de sa demande – puisqu'elle cherche en réalité à séduire le jeune étourdi – la marquise démonte en règle le fatras enflammé de sa déclaration d'amour (CXXI). Il ne faut pas voir dans ces recommandations de simples manœuvres de flagornerie ou de démagogie. Symboliquement, apprendre à écrire, c'est déjà revêtir le manteau du vice. Or, celle qui se fait le chantre de l'hypocrisie sociale cultive paradoxalement des valeurs épistolaires de transparence et d'immédiateté, qui contredisent sa morale. À l'image de sa stratégie de séduction, Mme de Merteuil fuit toute affectation ; elle préfère, aux détours langagiers, la relation directe, quand bien même celle-ci se mettrait au service de la duplicité et de la mystification. Pour le libertin digne de ce nom, la lettre n'est pas libre épanchement de soi, mais elle se préoccupe avant tout de l'effet ***ad hominem****. Elle est donc moins une retranscription exacte des pensées de l'épistolier et le sismographe de ses sentiments qu'une entreprise de séduction du destinataire. Les deux roués se rejoignent sur ce point aussi : le plaisir d'écrire le dispute chez eux au plaisir de lire.

L'esthétique dramatique

À cette fin, la rhétorique* épistolaire peut emprunter ses procédés à l'esthétique dramatique. Les micro-récits que contient la lettre adoptent souvent par exemple une forme théâtralisée. Écrivain en puissance, la marquise est soucieuse, au premier chef, de la (re)composition romanesque. Elle transforme le récit d'un rendez-vous galant avec Belleroche, lequel au fond importe peu à ses yeux, en une véritable opération clandestine menant à la scène du sérail. L'intrigue est soigneusement amenée par des préparatifs en coulisses, soutenue par le suspense, développée ensuite en saynètes, que des « didascalies* » permettent de visualiser, et couronnée par des effets de chute (X). Le plus grand soin est apporté à la mise en place du décor (une petite maison aménagée en « temple de l'amour », avec le lit, le boudoir et l'ottomane), au choix des costumes (« le déshabillé le plus galant »), à la concentration de la comédienne puisant dans ses lectures les tons qui conviennent à son rôle. À grand renfort de précisions scéniques, et grâce à l'emploi du présent de narration* et du discours direct, la gestuelle et les dialogues sont retranscrits de façon à conférer au récit le relief d'une scène vivante. « Ayant le projet de n'écrire qu'un mot », comme elle l'avoue à la fin de sa lettre, la narratrice s'aperçoit, à trois heures du matin, qu'elle a « écrit un volume » *(ibid.)*.

• Le goût de la digression

Comme son homologue, Valmont affectionne les récits circonstanciés qui lui procurent autant de délectation, sinon plus, que l'événement vécu. Ses lettres oscillent souvent entre l'exactitude scrupuleuse de la relation historique, accompagnée de « pièces justificatives » (XL), de minutes, et la libre allure des tableaux romanesques. Plusieurs épisodes sont particulièrement mémorables à cet égard. Son « réchauffé » avec la vicomtesse est peu de chose, mais l'aventure intéresse le libertin par les « détails » qu'elle contient (LXXI). Bien qu'anecdotique, elle fournit matière à une histoire piquante où le rocambolesque, vaudevillesque avant l'heure, voile à peine l'aveu de l'homosexualité masculine et mérite, à ce titre, un large public. Ailleurs, les digressions* narratives tournent à l'excroissance. L'histoire des trois inséparables, censée illustrer la puissance de Prévan (LXXIX), creuse la lettre d'un récit second, rigoureusement encadré et détaché par une formule d'annonce et de clausule*. Cette composition annulaire met en relief, au sens visuel du terme, ce qui ressemblerait fort à un apologue*, tant y domine une obsédante structure ternaire : trois femmes et trois amants forment trois couples aux liens indéfectibles ; l'intervention de Prévan, qui voudrait briser la régularité inquiétante de cette symétrie en séduisant chacune des femmes, provoque de fait neuf étreintes et trois duels ; les quatre hommes s'entendent pour se jouer des femmes, les couples se forment de nouveau le temps d'une orgie, avant de se défaire à l'initiative du clan masculin.

• L'hypotypose*

Autre enclave aux allures digressives, la scène de charité imaginée pour tromper la présidente fournit un bel exemple de cette dramatisation théâtrale où le libertin excelle (XXI). Conformément aux règles développées par Diderot dans *Le Neveu de Rameau*, le tableau y rejoint l'art de la pantomime. Durant tout l'épisode, les protagonistes prennent la pose, leurs gestes sont suspendus à la manière dont Laurence Sterne, dans *Vie et opinions de Tristram Shandy* (1759), fige ses personnages dans des attitudes pétrifiées pendant près d'une heure et demie. Valmont, tout d'abord, s'attribue le beau rôle, celui du « Héros d'un Drame, dans la scène du dénouement » (XXI). Devant une foule de villageois où se dissimule l'espion de Mme de Tourvel, il apparaît en effet sous les traits d'un noble bienfaiteur se portant au secours de paysans qu'une collecte d'impôts a réduits à la misère. Le « spectacle » pathétique* de ce face-à-face culmine dans un arrêt sur image. Ainsi, après avoir opéré un plan rapproché sur le visage inondé de larmes du « Patriarche », le conteur, fort habile, campe la famille éplorée et prostrée à genoux en une attitude saisissante. L'épistolier ne perd jamais de vue son talent de conteur car si la mise en scène doit se révéler efficace auprès de la présidente, le récit qui en est fait, émaillé de commentaires ironiques, doit aussi séduire la marquise. D'ailleurs, afin de ménager l'intérêt de son interlocutrice, il suspend sa narration, non sans promettre une suite plus captivante encore. Dans l'intervalle, s'intercale la lettre de Mme de Tourvel, visiblement conquise par le compte rendu de son valet et « attendrie jusqu'aux larmes » (XXII). Le geste généreux du vicomte, interprété comme « une action honnête et louable » *(ibid.)*, a une répercussion immédiate sur la dévote qui se laisse amadouer.

Le second volet du récit libertin rapporte son abandon sous la forme d'un mélodrame dont l'efficacité est celle de l'hypotypose*. Comme précédemment, la vive peinture saisit les corps dans des postures éloquentes et éminemment codées. Une nouvelle vignette montre Valmont implorant à genoux la femme aimée, dans une effusion partagée de larmes, simulées pour l'un, sincères pour l'autre (XXIII). La lettre s'achève enfin sur une indiscrétion majeure : la vision, surprise à travers le trou de la serrure, de la présidente « à genoux, baignée de larmes, et priant avec ferveur » *(ibid.)*. Dans cette circulation, la scène de genre se joue donc chaque fois devant un public renouvelé, témoins oculaires, auditrice privilégiée ou encore lectrice toute-puissante. La tentation picturale et théâtrale n'y est jamais perdue de vue : elle confère à la lettre l'énergie, au sens rhétorique* du terme, susceptible de dresser la scène sous les yeux du lecteur et de mobiliser son attention.

L'écriture pour initiés

• L'intelligence du langage

Artificiers talentueux de la langue et francs artilleurs, serait-on tenté d'écrire, eu égard à la profession de Laclos, les roués sont les maîtres incontestés de la parole, eux qui n'hésitent pas à trancher d'un coup de plume le sort de leurs interlocuteurs. Outre leur communauté de valeurs, ils établissent tout d'abord leur connivence sur la base de l'intelligence verbale. Seuls Valmont et Mme de Merteuil ont accès en effet au jargon de l'initié. Il est question de *rouerie* (II), de femme *encroûtée* (V), de personne *usagée* (LI et CLX), d'homme *noyé* (LXXXV), autant d'expressions que l'emploi de l'italique incorpore comme un discours étranger et que les notes du rédacteur épinglent à la marge. Des néologismes récents *(espèce, sentimental, ultimatum)*, un vocabulaire à la mode *(merveilleuse, indécemment*, LI*)* et des termes rares *(entacher, sentimentaire)* complètent ce lexique à usage privé. Pour ces personnages pris au piège de leur patronyme, si transparent que signifiant* et signifié* coïncident, le langage n'est pas simple ornement de la pensée, mais sa traduction en acte. Ils n'ignorent pas la force corrosive de ces énoncés performatifs* par quoi toute l'entreprise débute et par quoi elle s'achève. Disons-le de nouveau : la liaison libertine est renouée par le rappel à l'ordre de la marquise, qui somme son complice de revenir (II), et elle est rompue par sa déclaration de guerre valant engagement de vengeance (CLIII et CLIX).

Dans l'intervalle, leur échange épistolaire témoigne d'une conception maniaque de la langue. Car si les deux scélérats s'entendent sur la chose, pour rependre une distinction de l'époque, ils ne s'entendent pas toujours sur les mots, qui font parfois l'objet d'une véritable transaction. Nombreuses sont les expressions qui ricochent, qui circulent d'une lettre à l'autre, soupesées, analysées et décortiquées avec le plus grand soin. Mme de Merteuil en fait sa spécialité, notamment lorsqu'elle déchiffre les dénégations de Valmont à la lumière d'un discours amoureux. Tandis que celui-ci lui rapporte en trophée la conquête de la présidente, elle s'empresse d'en minimiser le haut prix, ne faisant grâce à son complice d'aucune faiblesse du langage : elle refuse d'attendre « en esclave soumise, les sublimes faveurs » de celui qu'appâte « *ce charme inconnu* que *l'adorable, la céleste* Mme de Tourvel [lui] a fait seule éprouver. » (CXXVIII) Ce sont bien les mots employés par le libertin dans la lettre CXXV, plus que sa conduite, que la marquise réprouve, ces mots qui font mouche d'une prose à l'autre et dont le vicomte cherche à se dédouaner aussitôt : « Il ne me sera pas plus difficile de me justifier sur le *charme inconnu* dont vous me paraissez aussi un peu choquée. » (CXXIX) Mais ces allégations ne produisent pas l'effet escompté sur la destinataire capable de déceler dans le discours de l'autre toute trace de ratures et de retouches : « C'est ainsi qu'en remarquant votre politesse, qui vous a fait supprimer soigneusement tous les mots que vous vous êtes imaginé m'avoir déplu, j'ai vu cependant que, peut-être sans vous en apercevoir, vous n'en conserviez pas moins les mêmes idées. » (CXXXIV) Et la marquise de coudre ensemble les termes anciens et les termes de substitution employés par son correspondant, pour diagnostiquer dans ce montage « des symptômes assurés d'amour » (*ibid.*) : « En effet, ce n'est plus l'adorable, la céleste Mme de Tourvel, mais c'est *une femme étonnante, une femme délicate et sensible*, et cela, à l'exclusion de toutes les autres ; *une femme rare enfin*, et telle *qu'on n'en rencontrerait pas une seconde.* » *(ibid.)*

La pratique citationnelle interne signifie que les épistoliers, en lecteurs attentifs, sont des sémioticiens hors pair. Ce « discours italique » [Michel Delon] désamorce du même coup la prétendue spontanéité de la lettre, traversée d'échos conscients ou inconscients et d'observations métalinguistiques*. Il arrive ainsi que les individus soient dépossédés de leur parole, à leur propre insu. Certains termes se chargent d'une polysémie* dont l'émetteur* n'a pas forcément conscience et qui joue en sa défaveur : la marquise, à défaut d'être *occupée*, écrit-elle à Valmont, se distrait avec Cécile ; celle-ci reprend l'expression en toute innocence, dans sa correspondance avec Sophie, se disant elle aussi fort *occupée*. Les mots infusent, pénètrent dans la sphère de l'autre en une subtile contamination dont l'ironie* ne saurait échapper à un lecteur averti. Parfois aussi, cette contamination est une manière de s'introduire auprès de l'autre, de « marquer » son territoire. Dans un échange fort habile, le vicomte parvient ainsi à prêter son langage à Mme de Tourvel, avec une impudence non dissimulée : « Quel dommage que, comme vous le dites, je sois *revenu de mes erreurs* » (LXVIII). Or, sa correspondante n'avait fait que reprendre une expression qu'il était le premier à avoir employé. Elle a beau résister aux assauts qu'il lui donne, elle se compromet au moins dans l'ordre du discours. Le texte se construit ainsi par effacements successifs, par « palimpsestes », selon le mot de Michel Delon.

• Les trafics de langage

La gaieté dont les libertins font leur ligne de conduite s'applique également à leur rhétorique* épistolaire. Tous deux sont amateurs des formes ludiques du langage, désavouées du reste par le moraliste : calembours* et traits d'esprit fusent sous leur plume, inspirés de maximes et de sentences proverbiales. Si

Mme de Tourvel « craint de sauter le fossé » (VI), selon l'image grivoise de Valmont, elle risque, à déployer tant de « vertu raisonneuse », de ne plus être capable de résister aux assauts du vicomte, comme le remarque par boutade Mme de Merteuil : « je prévois qu'elle épuisera [ses forces] pour la défense du mot, et qu'il ne lui en restera plus pour celle de la chose » (XXXIII). D'autres sous-entendus percent, nourris d'une culture plus fine. Dans le rôle de confident qu'il joue auprès de Danceny, Valmont se compare avec humour à « *l'ami du Prince* », c'est-à-dire à un maquereau, par allusion à un vers licencieux de *La Pucelle* de Voltaire (LXVI). Les deux complices écrivent en faisant le tour de leur bibliothèque et ils partagent en cela les mêmes références littéraires. Les contemporains sont allègrement pillés, sous la forme d'emprunts déclarés, qu'il appartient cependant au lecteur d'identifier. Mais l'on relève aussi des larcins plus inattendus dont le décalage souligne l'esprit iconoclaste des libres penseurs. Pour se préparer à la scène du sérail, la marquise s'inspire de ses lectures, convoquant une page romantique de *La Nouvelle Héloïse*, un chapitre libertin de Crébillon et deux contes licencieux de La Fontaine (X). Concernant Rousseau, le détournement flagrant des sources signale la réversibilité et la fragilité des signes. Valmont sait lui aussi s'approprier l'intertexte* rousseauiste pour les besoins de son éthique libertine : pour décrire l'état contradictoire où le plongent la résistance de Mme de Tourvel et l'initiation voluptueuse de Cécile, il est à la fois Saint-Preux comblé par Julie et le Lovelace de Richardson s'apprêtant à violer Clarisse (CX)[1]. Les références théâtrales ne sont pas fortuites, notamment dans le cadre des récits dramatisés : si la vicomtesse, lors de sa visite nocturne à Valmont, est comparée à la chaste Junie enlevée par Néron dans *Britannicus* (LXXI), Mme de Merteuil, en nouvelle Zaïre,

1. C'est d'ailleurs une formule du même Lovelace, s'apprêtant à violer Clarisse, qui avait couronné la profession de foi libertine et féministe de Mme de Merteuil : « Il faut vaincre ou périr » (LXXXI). Valmont l'emploiera à son tour pour ébranler sa dévote par la terreur : « vous posséder ou mourir » (CXXV).

emploie le pouvoir des larmes pour avoir raison de Prévan (LXXXV). Tragédie racinienne contre tragédie voltairienne, les citations détournées et intégrées dans un contexte impropre, deviennent ainsi des armes redoutables : elles exhibent le discours d'autrui et son assimilation à mauvais escient.

• L'écriture à double entente

Les jeux de mots inoffensifs prennent cependant la forme plus subversive de l'ironie*. En effet, les deux libertins scellent leur union sur l'art du persiflage, de ces « conversations à double entente » qui font d'ailleurs de Prévan un rival digne de Mme de Merteuil (LXXXV). La « lettre apocryphe* » que Cécile écrit à son maître de musique sous la dictée de Valmont offre un exemple particulièrement convaincant de ces trafics de langage qui placent le libertin, selon ses propres termes, dans la position équivoque de l'« ami », du « confident », du « rival » et de la « maîtresse » de Danceny (CXV). Il s'accorde non seulement la privauté d'affranchir la plume de la jeune fille, ou plus exactement de couler dans le même moule de naïveté le discours d'une femme émancipée, mais il prend également un malin plaisir à glisser, par-dessus l'épaule de sa pupille (voir encart iconographique page V), des allusions égrillardes auxquelles les jeunes gens n'entendent rien : « Oh ! vous avez là un bien bon ami, je vous assure ! Il fait tout comme vous feriez vous-même » (CXVII).

Cette duplicité culmine dans les lettres gigognes à destinataires multiples dont le vicomte devient coutumier : il soumet ainsi son discours premier au regard de sa complice, déflorant la spontanéité de la lettre par la charge décapante d'un texte à double entente. Avec l'épître* écrite à Mme de Tourvel sur « l'autel sacré » du corps d'Émilie (voir encart iconographique page IV), il offre un morceau de bravoure qui couronne presque la première partie (XLVII). La force corrosive de celle-ci vient tout d'abord de sa « diffusion à tiroirs » [Caroline Jacot Grapa] : le discours amoureux est ainsi désamorcé par l'effet d'emboîtement. Mme de Tourvel ne prend connaissance de la lettre qu'au terme d'une chaîne de lectrices qui ont ri à ses dépens : la courtisane en a la primeur, puis c'est au tour de la libertine, « doublure de la prostituée »[1], de parcourir la lettre avec un recul et une perspective supplémentaires, en visualisant les circonstances particulièrement croustillantes qui ont présidé à son écriture. Le lecteur ne peut qu'être associé, malgré lui, à la discordance ironique entre d'une part les éclats de rire d'Émilie et le sourire sans doute plus pervers de la marquise, et d'autre part l'agitation où les déclarations enflammées de Valmont plongent la dévote victime (L).

La difficulté tient d'abord au fait que l'épistolier est engagé sur deux fronts, conjuguant une maîtrise oratoire exemplaire et un abandon immodéré à l'empire de ses sens. Informée par ce contexte, la lettre tisse continûment deux discours incompatibles : l'apologie de l'amour platonique qui ne sonne comme telle qu'aux oreilles de la présidente et le sous-texte érotique retranscrit sur le vif, sans la distance du différé. Le tour de force est que Valmont parvient à les faire coïncider presque terme à terme : dans « un air brûlant de volupté » et sur une table qui se promet d'être bientôt ô combien « embellie », il n'a de fait jamais éprouvé « tant de plaisir » en écrivant à la céleste personne, ni ressenti « dans cette occupation, une émotion si douce, et cependant si vive » ; assurément, Mme de Tourvel ne risque pas de « partager » les « transports » auxquels il s'abandonne ; s'il la quitte un moment, c'est bien « pour dissiper une ivresse qui s'augmente chaque instant, et qui devient plus forte que [lui] » ; et quand il revient à elle, il a raison de constater que « le sentiment du bonheur [...] a fait place à celui des privations cruelles ». Les plaisirs fugaces de la chair sont ainsi décuplés par le plaisir de l'écriture.

1. Nous empruntons l'expression à Jean Biou, « Une lettre au-dessus de tout soupçon », *Laclos et le libertinage, 1782-1982*, Actes du colloque du bicentenaire des *Liaisons dangereuses* [Chantilly, 1982], Paris, PUF, 1983, p. 191-198.

Les exercices de style

• Les écrivains virtuoses

L'identité protéiforme du libertin se mesure en effet à ses capacités de comédien et à sa virtuosité d'écrivain. Hormis Mme de Tourvel, dont la manière évolue notablement au cours du roman, jusqu'à atteindre, dans la lettre sans destinataire écrite peu avant sa mort, la quintessence du sublime pathétique* (CLXI), seuls Valmont et Mme de Merteuil sont irréductibles à leur style [René Pomeau]. Malgré quelques constantes, une prose resserrée et vigoureuse à la construction souvent antithétique*, tous les registres sont à leur portée. Il est à noter d'ailleurs qu'ils pratiquent cette discordance de tons au sein de leurs propres discours : ils sont par exemple capables de prêcher une morale qui se soucie fort peu de la pudeur dans un récit qui en porte au contraire toutes les marques. C'est ainsi que l'on rencontre souvent sous leur plume, non sans quelque pointe d'ironie*, toutes les figures d'atténuation que l'on s'attendrait à trouver dans la bouche d'une prude : Mme de Merteuil déplore, par le biais d'une périphrase*, que dans sa séduction de Cécile « le sot Danceny n'ait pas passé d'une ligne [c'est-à-dire de 22 mm] le point où il était auparavant » (LIV) ; Valmont, qui va justement fournir à l'inexpérimenté amant les moyens de sauter le pas, tait par euphémisme* le passage à l'acte : « Si sa belle ingénue veut être docile, tout sera terminé peu de temps après son arrivée à la campagne » (LXVI). Les repentirs du manuscrit montrent du reste que Laclos a purgé le texte de ses tournures trop ouvertement libertines, pour leur substituer des expressions qui ne sauraient heurter la bienséance*.

Plus que sa complice cependant, le vicomte s'y entend particulièrement bien pour faire ses gammes. De même qu'il endosse plusieurs rôles, il prête sa plume à toutes sortes de pastiches*, faisant défiler des micro-genres – narratif ou théâtral, comme il a déjà été dit – ainsi que de véritables morceaux d'écriture avec leurs clichés respectifs : on le voit imiter tour à tour le style précieux de l'épître* amoureuse lorsqu'il s'adresse à la dévote présidente, la réserve prudente de l'intermédiaire auprès de Cécile (LXXIII) ou encore la prose compassée du discours religieux (CXX) qui désamorce par avance le prêche du père Anselme aux périodes* contournées (CXXIII). Avec les citations, les mots-ricochets et les dialogues rapportés, ces exercices de style produisent un effet ornemental d'incrustation qui confère aux lettres des libertins l'apparence d'une marqueterie. Mais il ne faut pas y voir un simple passe-temps ludique : les discours sont intégrés pour être minés de l'intérieur. La parodie semble indiquer que l'idéologie n'est qu'affaire de style, *a fortiori* quand elle réussit auprès de l'interlocuteur.

• L'enchaînement des lettres

Le mode d'enchaînement des lettres met en perspective ces variations stylistiques. On pourrait citer à cet égard le portrait en deux volets de Mme de Tourvel. Tandis que son acolyte exploite la veine encomiastique* (VI), la marquise lui oppose le point de vue divergent du blâme, laissant éclater le mépris de la mondaine pour une dévote : « Qu'est-ce donc que cette femme ? des traits réguliers si vous voulez, mais nulle expression : passablement faite, mais sans grâces : toujours mise à faire rire ! avec ses paquets de fichus sur la gorge, et son corps qui remonte au menton ! » (V) La vision bifocale a pour effet quasi comique de déshabiller la vertueuse présidente : « Vous lui reprochez de se mettre mal ; je le crois bien : toute parure lui nuit ; tout ce qui la cache la dépare. C'est dans l'abandon du négligé qu'elle est vraiment ravissante. Grâce aux chaleurs accablantes que nous éprouvons, un déshabillé de simple toile me laisse voir sa taille ronde et souple. Une seule mousseline couvre sa gorge [...] » (VI) On ne compte plus les diptyques illustrant la duplicité du vicomte, selon qu'il s'adresse à la madone ou à la catin[1] : il est

---

1. Ces lettres se situent essentiellement dans les deux premières parties du roman, à l'exception des lettres CXXXVII et CXXXVIII ; XXXIV et XXXV ; XL et XLII ; XLII et XLIII, LVII à LIX. On trouve des variantes de ce dispositif quand Valmont s'adresse successivement à Cécile et à la dévote (LXXXIII et LXXXIV).

capable le même jour de serments d'amour éternel avec l'une, de libertinage badin et de basses manigances avec l'autre, ce qui produit de vigoureux contrastes stylistiques (LII et LIII).

Mais il arrive que le scélérat soit piégé à son tour. Après la fuite soudaine de la présidente, son assurance conquérante s'effrite (« Je parierais qu'à présent elle est enchantée d'en être là : tous les frais sont faits ; il ne reste plus qu'à jouir », XCIX) et laisse place sans transition au tumulte incontrôlé des émotions. L'esthétique du coup de théâtre juxtapose ici, en un contrepoint tonal saisissant, deux états psychologiques diamétralement opposés. La lettre suivante débute en effet par une accumulation de procédés (gradation*, rythmes binaires* et écholalie*) qui concourent à une emphase dramatique : « Mon amie, je suis joué, trahi, perdu ; je suis au désespoir : Mme de Tourvel est partie ! Elle est partie, et je ne l'ai pas su ! et je n'étais pas là pour m'opposer à son départ, pour lui reprocher son indigne trahison ! » (C)

Les lettres se succèdent également en fonction d'une vision pluri-oculaire, faisant état du retentissement d'un même événement selon des éclairages variés. Pas moins de quatre versions (CXXXV à CXXXVIII) sont ainsi proposées d'un véritable poncif de la littérature romanesque, celui de la « confrontation entre l'amour sacré et l'amour profane à la faveur d'un embarras de voitures » [Laurent Versini]. La séquence offre un remarquable concentré de styles. Elle est inaugurée par le récit désespéré de Mme de Tourvel, qui a subi l'affront de croiser Valmont aux bras d'Émilie. Avant de rapporter le « cruel événement » à Mme de Rosemonde, elle s'abandonne à un libre soliloque*, troquant pour une fois ses périodes* impeccablement construites pour des phrases laconiques et inachevées. Ce débordement d'émotion, aussitôt réprimé, est suivi par un bref billet, empreint de douleur contenue, dans lequel la présidente somme l'ingrat de lui restituer ses lettres. On apprend qu'un « billet sévère », au ton jugé « irrévocable » par le principal intéressé, lui succède. Feignant le repentir, Valmont y répond par ce qu'il appelle « une grande Épître* de sentiments », disqualifiant après coup l'expression immédiate de sa sincérité. Puis il s'en réfère à sa confidente en titre, Mme de Merteuil, à qui il livre la version véritable des faits dans le plus pur style libertin. Ses mobiles sont bien plus machiavéliques qu'on le supposait : c'est par défi que le vicomte jette momentanément son dévolu sur Émilie, et pour faire taire les calomnies de la marquise qui le prétend amoureux.

Le dispositif de cette série épistolaire évoquerait volontiers celui d'un réquisitoire et d'un plaidoyer, sinon que l'accusé ne cherche nullement à se disculper, ou du moins pas aux yeux de la principale victime. L'ordre stratégiquement adopté permet donc de maintenir le suspense et surtout de déplacer imperceptiblement l'enjeu de l'incident : l'essentiel ne réside pas dans l'affrontement entre les deux pôles antinomiques encadrant le groupement de lettres, ni dans l'échange central entre Valmont et Mme de Tourvel, mais bien dans la joute libertine qui ferme la marche et qui fait triompher la voie immorale. La séquence s'achève, non sans ironie*, par un revirement sentimental inattendu ; Tourvel passe du tourment (« Il me trompe, il me trahit, il m'outrage », CXXXV) à la félicité sur un geste de Valmont, et les deux lettres se répondent presque mot à mot dans leur amorce exagérément étudiée : « Oui, tout est oublié, pardonné ; disons mieux, tout est réparé » (CXXXIX). Cette esthétique de la palinodie[1], particulièrement fréquente chez les victimes de l'amour, signifie l'emprise qu'exerce sur eux le couple libertin.

• La place du lecteur

La fragmentation polyphonique* et la juxtaposition des points de vue impliquent enfin une esthétique particulière de la réception. Il faut s'interroger ici sur le rôle du destinataire, pénétrant par effraction dans l'espace privé des examens de conscience, dans l'intimité des secrets d'alcôve et dans les coulisses

1. Palinodie : brusque changement d'opinion.

de la machination. Le lecteur du roman épistolaire, plus qu'aucun autre, bénéficie en ce sens d'un véritable privilège d'omniscience*, qu'il reçoit en partage, dans le cas des *Liaisons dangereuses,* avec le couple libertin : non content de détenir toutes les ficelles de l'intrigue, sollicité en outre pour ses compétences culturelles, il allie à la sagacité de l'initié le plaisir trouble du voyeur que l'on met dans la confidence des lettres et qui épouse donc à son insu le point de vue immoral. Devant les récits diffractés d'un même événement, devant les portraits doubles d'un même personnage, il s'improvise en effet sémioticien, décodant par avance les réactions et les discours qu'on lui présente et qui ne seront commentés que rétrospectivement. S'il souhaite restituer une vision d'ensemble aussi objective que possible, il peut en outre joindre aux perceptions partielles des épistoliers les interventions marginales du moraliste qui lui fournit, en contrepoint, des informations complémentaires susceptibles d'instruire son dossier.

4. DESTIN DE L'ŒUVRE ET BILAN CRITIQUE

La réhabilitation critique

• La réception contemporaine

Dès leur parution, *Les Liaisons dangereuses* remportent un succès fulgurant auprès d'un public d'abord exclusivement parisien, mais ce « météore », selon les termes du comte de Tilly, a aussitôt l'effet d'un brûlot sur la scène littéraire contemporaine. Celui qui fut, selon toute vraisemblance, un proche de Laclos et libertin lui-même, insiste d'ailleurs sur le caractère insaisissable de l'œuvre, qui résulte d'une tension permanente et irréductible des contraires, bien plus choquante que la plus lascive des peintures : le livre « plaça son auteur entre le blâme et la louange, le mépris et l'estime ; [...] entre les grands peintres de quelques vices et les corrupteurs de toute vertu » ; l'ouvrage, ajoute-t-il, poursuit « un but moral, quand il était un outrage universel à la morale de toute la nation », et il « mériterait d'être livré aux flammes » tout en occupant « une place classique dans les meilleures bibliothèques » (*Mémoires du comte de Tilly pour servir à l'histoire des mœurs de la fin du XVIIIe siècle*, 1807, publiés en 1828). La débauche des personnages fait scandale, en particulier celle de la marquise. Sur ce point, l'auteur d'*Ernestine*, Mme Riccoboni, engage amicalement un long débat épistolaire avec Laclos : offensée par l'incarnation féminine du libertinage, elle lui reproche notamment d'avoir « [orné] le vice des agréments » de l'esprit. Le dénouement moral du roman ne suffit pas à dissiper les doutes. Au contraire, les critiques les plus vives se cristallisent sur le caractère invraisemblable de cette fin abrupte et l'on juge bien souvent insuffisante la punition infligée à Mme de Merteuil. Le roman est frappé d'anathème sur les mêmes motifs, et le moralisme bourgeois du XIXe siècle le condamne pour outrage aux bonnes mœurs.

Il y a bien eu le jugement admiratif de Stendhal qui voit en Valmont un modèle fascinant de tacticien. Celui qui cultivera plus tard un style de « code civil » ne peut du reste qu'apprécier la sécheresse analytique de Laclos. Dans un climat « fin de siècle » qui n'est pas sans rappeler le décadentisme rococo des *Liaisons*, c'est Baudelaire qui rompt véritablement le silence dans lequel les critiques, et notamment Sainte-Beuve, maintiennent le roman. Sous forme de notes fragmentaires composées entre 1856 et 1866, de « fusées », selon les termes de René Pomeau [1], il soumet l'intrigue libertine à un éclairage historique : les mœurs voluptueuses de ces aristocrates oisifs contiennent, selon lui, les prémices de la Révolution française. Mais la valeur documentaire du livre ne constitue pas son seul intérêt. L'auteur des *Fleurs du mal* y projette tout naturellement ses propres hantises, sa vision mystique d'un monde gagné par l'esprit maléfique. En quelques traits, il croque les personnages qui composent « cette détestable humanité [se faisant] un enfer préparatoire » : Cécile est « tout près de l'ordure originelle », Mme de Merteuil est un « Tartuffe femelle », une « Ève satanique », Valmont un dandy et un Don Juan. La figure angélique, caractéristique du manichéisme baudelairien, est incarnée par Mme de Tourvel, en qui le poète tourmenté voit un « Type simple, grandiose, attendrissant. [...] Une Ève touchante » [2]. Ses successeurs ne font que reprendre et développer ses intuitions. Qu'il s'agisse des frères Goncourt ou de Léon Blum, tous témoignent la même fascination pour ces portraits de femmes qui oscillent entre la monstruosité morale et le sublime racinien [3].

1. René Pomeau, *Laclos ou Le paradoxe*, Paris, Hachette, 1993, p. 14.
2. Charles Baudelaire, *Notes sur* Les Liaisons dangereuses, *Œuvres complètes*, éditions Claude Pichois, Paris, Gallimard, Bibliothèque de la Pléiade, 1976, t. II, p. 66-75.
3. Edmond et Jules de Goncourt, *La Femme au XVIIIe siècle*, 1862, Paris, Champs-Flammarion, 1981, p. 145-168 ; Léon Blum, « Impressions et commentaires : *Les Liaisons dangereuses* », *Grande Revue*, 10 mai 1908. Léon Blum souligne aussi l'esthétique de la concision qui préside à l'écriture et à la trame narrative du roman, *ibid.*, p. 158.

Il a cependant fallu attendre le XXe siècle pour que la réhabilitation de Laclos soit définitive. Le caractère scandaleux du roman devient son principal atout et le *credo* libertin est souvent dévoyé en revendications libertaires de tous ordres. André Gide salue dans ce « vrai manuel de la débauche » un immoralisme qui lui vaut d'occuper la seconde place, après *La Chartreuse de Parme*, dans le palmarès de ses dix romans préférés[1]. Entre-deux-guerres, Jean Giraudoux, puis André Malraux, font écho à l'interprétation baudelairienne : pour le premier, *Les Liaisons dangereuses* seraient une épure radicalisée de la tragédie racinienne, où l'*hybris**, incarné par « deux Nérons » au lieu d'un, est mené jusqu'au « déchaînement » ; le second consacre une mythologie de l'érotisme fondée sur la toute-puissante volonté féminine[2].

• La littérature critique

Prenant le relais du point de vue des écrivains, la réception critique contemporaine a surtout le mérite de soustraire le roman par lettres à la seule exégèse morale et psychologique, de le sortir aussi de l'ornière des interprétations idéologiques forcées. On se garde désormais d'accorder aux *Liaisons* la valeur d'un document révolutionnaire, et d'y voir, comme Roger Vailland, l'expression marxiste d'un conflit de classes[3]. Sans verser non plus dans la lecture formaliste, l'école helvétique a su exploiter la structure intime du roman épistolaire, fondée sur un réseau de correspondances, pour en dégager des significations tangibles : la mythologie romanesque de « l'intelligence diabolique » pour Jean-Luc Seylaz et « la destruction du système

1. André Gide, « Les dix romans que j'ai préférés », *Incidences*, Paris, Gallimard, 1924.
2. Jean Giraudoux, « Choderlos de Laclos », *La Nouvelle Revue française*, 1er décembre 1932, repris dans *Littérature*, Paris, Grasset, 1941 ; André Malraux, « Laclos », *Tableau de la littérature française : II. De Corneille à Chénier*, Paris, Gallimard, 1939.
3. Roger Vailland, *Laclos par lui-même*, Paris, Le Seuil, « Écrivains de toujours », 1953.

par la passion » pour Jean Rousset[1]. Tout en inscrivant *Les Liaisons dangereuses* dans son époque et dans l'histoire du roman libertin, la thèse universitaire de Laurent Versini explore toutes les filiations susceptibles d'éclairer les techniques romanesques de Laclos, ainsi que leur mise à distance[2]. C'est cette distance qu'interroge Jean Fabre en montrant que le roman scandalise par le jeu retardé de l'ironie* qui finit par se retourner contre l'auteur lui-même[3]. Des analyses plus récentes tentent de penser la distorsion entre la personnalité de l'auteur et la matière de son œuvre : Robert Mauzi y lit la liberté créatrice d'un homme qui n'est porte-parole d'aucun discours de classe ; René Pomeau met au jour le paradoxe d'un roman libertin écrit par un authentique moraliste doublé d'un rousseauiste[4].

L'image comme lecture seconde

Si les écrivains ont contribué à sortir *Les Liaisons dangereuses* de l'ombre, si les travaux universitaires ont balisé la vaste étendue des interprétations possibles de l'œuvre, si les éditions de poche ont élargi la diffusion de ce classique de la littérature française, le roman suit désormais une libre trajectoire grâce aux nombreuses transpositions pour la scène et pour l'écran. L'abondance des adaptations « en images », tous genres confondus, tend à souligner la parenté entre l'esthétique épistolaire et les techniques de mise en scène. Elle confirme plus large-

1. Jean-Luc Seylaz, Les Liaisons dangereuses *et la création romanesque chez Laclos*, Genève, Droz, 1965 ; Jean Rousset, « Une forme littéraire : le roman par lettres », *Forme et signification. Essais sur les structures littéraires de Corneille à Claudel*, Paris, José Corti, 1963.

2. Laurent Versini, *Laclos et la tradition. Essai sur les sources et la technique des* Liaisons dangereuses, Paris, Klincksieck, 1968.

3. Jean Fabre, « *Les Liaisons dangereuses*, roman de l'ironie », *Idées sur les romans. De Mme de Lafayette à Sade*, Paris, Klincksieck, 1979.

4. Robert Mauzi, « La genèse des *Liaisons dangereuses* », *Lettres et réalités, Mélanges Henri Coulet*, Aix-en-Provence, 1988 ; René Pomeau, *Laclos ou Le paradoxe*, Paris, Hachette, 1993.

ment la dimension visuelle des lettres qui constituent presque toutes un appel à la vue.

Dès les premières éditions, des illustrations conçues pour accompagner le roman font office de tri sélectif et d'interprétation implicite, le plus souvent érotique. Dans l'édition genevoise de 1792, un ensemble de huit gravures pittoresques et en costumes d'époque insiste sur le développement funeste de l'intrigue amoureuse entre Valmont et Mme de Tourvel. La série s'ouvre par le saut du fossé et se ferme sur la mort de la présidente en fervente croyante ; l'encadrement fait office de leçon morale et souligne explicitement le danger des liaisons affiché par le titre. Alors que le couple retors est évincé de cette première édition, l'intrigue libertine est remise à l'honneur dans l'édition londonienne de 1796. Dans un décor surchargé propice à la luxure, les vignettes du premier volume saisissent Valmont et sa complice dans des épisodes de séduction intime ou d'intrusion violente. L'accent est essentiellement mis sur le personnage de la marquise, sur le libertinage de ses mœurs et en particulier sur l'homosexualité latente qui l'attache à la jeune Cécile. Dans le second volume, les décors sont épurés et tout érotisme édulcoré, ce qui permet de reporter efficacement l'attention sur l'intensité dramatique de l'action (le viol de Cécile et de la présidente) ou sur sa charge pathétique* (la mort du vicomte et de sa dévote victime).

La disposition des gravures a ici aussi une portée édifiante, lisible dans les deux frontispices allégoriques qui coiffent chacun des volumes : dans le premier, les deux libertins foulent au pied l'innocente Tourvel, qui se relève dans le second pour terrasser de ses rayons Valmont, agonisant à côté de son épée, et mettre en déroute Mme de Merteuil. Les masques de l'hypocrisie tombent, les lettres sont éparpillées et l'agneau qui symbolise l'innocence de Tourvel remporte une victoire sur le serpent associé à la marquise. Plus généralement, l'image fige le récit en une vignette éloquente, suspend les gestes en les théâtralisant et fixe d'une certaine manière des fragments d'anthologie qui passent à la postérité par le truchement de la mémoire visuelle : la scène de bienfaisance, l'arrestation de Prévan ou encore la lettre écrite dans le lit d'une courtisane font ainsi figure de morceaux de bravoure. On passera sur les illustrations affadies du XIXe siècle qui s'attachent essentiellement d'ailleurs à la relation entre le libertin et sa présidente. L'édition de René Pomeau (1981), agrémentée par les illustrations de Maurice-Frantz Pointeau, immortalise des épisodes moins communs, dont le face-à-face entre Mme de Tourvel et Émilie devant l'opéra, la confrontation entre Valmont et son jeune rival chez la marquise ou encore la répudiation finale de la libertine et sa fuite en Hollande.

On peut noter enfin des rencontres fortuites entre le récit de Laclos et les compositions quasi contemporaines des peintres. Il est vrai que certains tableaux peints par Boucher évoquent à merveille le climat de volupté licencieuse qui règne dans les *Liaisons.* La coïncidence est encore plus troublante pour un tableau comme *Le Verrou* de Fragonard (1774), peint quelques années plus tôt : le motif du rapt et l'atmosphère dramatique qui s'en dégage sont si proches des scènes de séduction et de viol où Valmont s'illustre qu'on pourrait presque en proposer une lecture conjointe.

Les adaptations scéniques et cinématographiques

Le roman est porté très tôt sur la scène : dès 1787 et tout au long du siècle suivant, les adaptations théâtrales défont l'intrigue centrale fondée sur le couple libertin au profit d'épisodes secondaires, ou se concentrent sur les histoires intercalaires, comme celle de Prévan. Chacune apporte en outre un éclairage personnel qui témoigne de la diversité tonale des lettres : drame vaudevillesque (Jacques Ancelot, 1834), comédie (Pierre Nozière, 1907), succession de huit tableaux qui culminent dans un finale tragique (Marcel Achard, 1950), version avant-gardiste pour opéra (Claude Prey, 1974) où la partie de chaque personnage est jouée par un instrument, ce qui donne corps à la polyphonie* de l'œuvre. L'aboutissement de ces réécritures est le très court *Quartett* d'Heiner Müller (1981) : en une confusion troublante des sexes et des rôles, Mme de Merteuil joue à la fois sa partition, celle de Valmont amoureux de Tourvel et celle de Cécile, tandis que le libertin incarne la figure du conquérant et celle de la dévote présidente. La guerre libertine s'y déchaîne en un érotisme cruel à la Bataille, où les pulsions de mort et les pulsions de vie s'affrontent de manière sauvage.

La filmographie est une nouvelle lecture de l'œuvre qui contribue à en renouveler le sens et à élargir son audience. C'est Roger Vadim et Vaillant qui ouvrent la marche et créent le scandale avec *Les Liaisons dangereuses 1960* : l'intrigue est transposée à la haute bourgeoisie parisienne de l'après-guerre et retrouve d'autant plus le parfum sulfureux de ses origines que Valmont et Mme de Merteuil sont désormais unis par les liens matrimoniaux. Les libertins évoluent dans les sphères de la diplomatie et de la haute finance, Cécile et Danceny se rencontrent dans les milieux estudiantins du Quartier latin, tandis que Mme de Tourvel campe une bourgeoise, mariée à un petit magistrat. Les liaisons se développent au rythme des communications téléphoniques et ont pour cadre la capitale, les plages deauvilloises et la station d'hiver de Megève. La fin est respectée, mais les modalités quelque peu adoucies : Valmont meurt de manière accidentelle, après un différend avec Danceny ; quant à Mme de Merteuil, elle se brûle le visage en voulant détruire à l'alcool les lettres compromettantes de son époux.

Le téléfilm (1980) de Charles Brabant mérite d'être cité pour sa dimension idéologique : autour d'une rencontre entre Laclos emprisonné sous la Terreur et Mme de Merteuil, les épisodes du roman défilent, chargés d'une portée révolutionnaire. Loin de cette interprétation politique, la pièce de Christopher Hampton (1985), qui a triomphé sur les grandes scènes mondiales, est à l'origine du film en costumes d'époque de Stephen Frears,

Dangerous Liaisons (1988). Dans un prélude qui affiche explicitement la dimension théâtrale de l'œuvre, les deux libertins endossent leurs habits et leur « masque » d'acteurs, comme s'ils se préparaient à entrer dans l'arène. Le canevas événementiel, fidèle à l'esprit du XVIIIe siècle, est globalement respecté, mais l'épilogue* romantique et moral dissipe la richesse ambiguë du roman. Le cinéaste réintègre d'une certaine manière la lettre occultée du vicomte : Valmont déclare sa flamme à la présidente, puis se suicide dans un duel avec Danceny. Quant à sa complice, éplorée, elle reprend visage humain, grâce aux larmes qui balayent son fard. Tout autre est la version enlevée et dédramatisée de Milos Forman et de Jean-Claude Carrière dont le *Valmont* (1989) fait du vicomte la clé de voûte du système libertin, non sans dévoyer peut-être l'esprit caustique du libre penseur en une posture de Casanova. À part Mme de Tourvel, tous les personnages, y compris la vénérable Mme de Rosemonde, sont pervertis et les rôles s'inversent : Valmont et Mme de Merteuil deviennent victimes de leurs propres plans, tandis que Danceny accomplit pleinement son initiation libertine et que Cécile, enceinte du défunt Valmont, épouse en grande pompe Gercourt, dans la chapelle de Versailles et sous l'œil du roi.

Les épigones

Enfin, si Laclos s'inscrit dans une lignée de romanciers épistolaires et/ou libertins, il compte aussi de nombreux imitateurs. Avant d'entrer dans un crépuscule séculaire, le roman donne lieu d'abord à quelques imitations caricaturales qui forcent le libertinage de mœurs dans un esprit dix-huitièmiste. Plus fines en revanche sont les adaptations modernes qui imaginent le contrepoint du couple des roués, évoluant dans la bourgeoisie provinciale (*Les Amants* de Robert Margerit, 1957), dans les grandes métropoles, entre Paris et New York (*La Nuit des masques* de Marc Lambron, 1990), ou encore dans les milieux du cinéma français en 1989 (*Les Successions amoureuses* de Georges-Noël Jeandrieu, 1990). D'autres romanciers s'attachent essentiellement aux figures féminines. Henri Goulet réhabilite par exemple le personnage de Cécile décrite comme une jeune fille avertie et rompue au plaisir (*Les Vrais Mémoires de Cécile de Volanges. Rectifications et suite aux* Liaisons dangereuses, 1926). Les libres transpositions contemporaines proposent la suite des *Liaisons dangereuses* et offrent d'une certaine manière une seconde vie à Mme de Merteuil : la romancière hollandaise, Hella S. Haasse, construit une correspondance improbable avec la marquise fraîchement arrivée à La Haye (*Une liaison dangereuse. Lettres de La Haye*, 1976, traduction 1995), tandis que Christiane Baroche tisse, par-delà les siècles, un dialogue romanesque entre la libertine exilée en Hollande et sa descendante expatriée dans l'actuel Brésil (*L'Hiver de beauté*, 1987). Laurent de Graeve enfin, à travers la forme d'un bref journal intime (du 7 décembre au 13 janvier), ramène la focalisation* éclatée du roman épistolaire au seul point de vue de la marquise, que la mort de Valmont réduit à la solitude et qui se trouve désormais à la merci de Cécile (*Le Mauvais Genre*, 2000). La postérité des *Liaisons dangereuses* confirme la malléabilité du roman épistolaire qui oscille entre le récit de fiction et les variantes du genre autobiographique.

TROISIÈME PARTIE

Lire, écrire, voir

1. SUJETS D'ÉCRITURE

LE ROMAN PAR LETTRES OU LA VARIATION DES POINTS DE VUE

Le corpus proposé dans ce sujet réunit trois échantillons représentatifs des romans épistolaires les mieux aboutis du XVIIIe siècle. La lettre participe à la fois de l'intrigue – elle est même, dans le cas présent, une pièce maîtresse du dénouement – et comporte sa problématique propre : support d'un discours idéologique chez Montesquieu, expression d'une morale supérieure chez Rousseau et épanchement spontané des sentiments chez Laclos. Le roman épistolaire permet ainsi, en multipliant les points de vue, de diversifier les styles et de transmettre les conceptions idéologiques de l'auteur, par le biais du plaisant, à travers la fiction de la lettre authentique.

CORPUS

A. MONTESQUIEU, *Lettres persanes*, 1721, lettre CLXI.

B. Jean-Jacques ROUSSEAU, *Julie ou La Nouvelle Héloïse*, 1761, VI, lettre XII de Julie à Saint-Preux.

C. CHODERLOS DE LACLOS, *Les Liaisons dangereuses*, 1782, Lettre CLXI, La présidente de Tourvel à...

TEXTE A

La lettre CLXI clôt définitivement le recueil sur la voix de Roxane, qui fait le bilan du désordre engendré par le voyage d'Usbek, le maître du sérail, à Paris.

LETTRE CLXI
ROXANE À USBEK
À Paris

Oui, je t'ai trompé ; j'ai séduit tes eunuques ; je me suis jouée de ta jalousie ; et j'ai su, de ton affreux sérail, faire un lieu de délices et de plaisirs.

Je vais mourir ; le poison va couler dans mes veines car que ferais-je ici, puisque le seul homme qui me retenait à la vie n'est plus ? Je meurs ; mais mon ombre s'envole bien accompagnée : je viens d'envoyer devant moi ces gardiens sacrilèges, qui ont répandu le plus beau sang du monde.

Comment as-tu pensé que je fusse assez crédule pour m'imaginer que je ne fusse dans le monde que pour adorer tes caprices ? que, pendant que tu te permets tout, tu eusses le droit d'affliger tous mes désirs ? Non : j'ai pu vivre dans la servitude ; mais j'ai toujours été libre : j'ai réformé tes lois sur celles de la nature ; et mon esprit s'est toujours tenu dans l'indépendance.

Tu devrais me rendre grâces encore du sacrifice que je t'ai fait ; de ce que je me suis abaissée jusqu'à te paraître fidèle ; de ce que j'ai lâchement gardé dans mon cœur ce que j'aurais dû faire paraître à toute la terre ; enfin, de ce que j'ai profané la vertu, en souffrant qu'on appelât de ce nom ma soumission à tes fantaisies.

Tu étais étonné de ne point trouver en moi les transports de l'amour : si tu m'avais bien connue, tu y aurais trouvé toute la violence de la haine.

Mais tu as eu longtemps l'avantage de croire qu'un cœur comme le mien t'était soumis : nous étions tous deux heureux ; tu me croyais trompée, et je te trompais.

Ce langage, sans doute, te paraît nouveau. Serait-il possible qu'après t'avoir accablé de douleurs, je te forçasse encore d'admirer mon courage ? Mais, c'en est fait, le poison me consume, ma force m'abandonne ; la plume me tombe des mains ; je sens affaiblir jusqu'à ma haine : je me meurs.

Du sérail d'Ispahan, le 8 de la lune de Rebiab, 1, 1720.

MONTESQUIEU, *Lettres persanes*, 1721.

TEXTE B

Julie, gravement malade, est sur le point de mourir. Elle fait ses adieux à Saint-Preux, son précepteur et ancien amant, et tire les leçons de leur liaison impossible.

LETTRE XII DE JULIE

(Cette lettre était incluse dans la précédente)

Il faut renoncer à nos projets. Tout est changé, mon bon ami : souffrons ce changement sans murmure ; il vient d'une main plus sage que nous. Nous songions à nous réunir : cette réunion n'était pas bonne. C'est un bienfait du ciel de l'avoir prévenue ; sans doute il prévient des malheurs. [...]

J'ose m'honorer du passé ; mais qui m'eût pu répondre de l'avenir ? Un jour de plus peut-être, et j'étais coupable ! Qu'était-ce de la vie entière passée avec vous ? Quels dangers j'ai courus sans le savoir ! À quels dangers plus grands j'allais être exposée ! Sans doute je sentais pour moi les craintes que je croyais sentir pour vous. Toutes les épreuves ont été faites ; mais elles pouvaient trop revenir. N'ai-je pas assez vécu pour le bonheur et pour la vertu ? Que me restait-il d'utile à tirer de la vie ? En me l'ôtant, le ciel ne m'ôte plus rien de regrettable, et met mon honneur à couvert. Mon ami, je pars au moment favorable, contente de vous et de moi ; je pars avec joie, et ce départ n'a rien de cruel. Après tant de sacrifices, je compte pour peu celui qui me reste à faire : ce n'est que mourir une fois de plus.

Je prévois vos douleurs, je les sens ; vous restez à plaindre, je le sais trop ; et le sentiment de votre affliction est la plus grande peine que j'emporte avec moi. Mais voyez aussi que de consolations je vous laisse ! Que de soins à remplir envers celle qui vous fut chère vous font un devoir de vous conserver pour elle ! Il vous reste à la servir dans la meilleure partie d'elle-même. Vous ne perdez de Julie que ce que vous en avez perdu depuis longtemps. Tout ce qu'elle eut de meilleur vous reste. Venez vous réunir à sa famille. Que son cœur demeure au milieu de vous. Que tout ce qu'elle aima se rassemble pour lui donner un nouvel être. Vos soins, vos plaisirs, votre amitié, tout sera son ouvrage. Le nœud de votre union formé par elle la fera revivre ; elle ne mourra qu'avec le dernier de tous. [...]

Adieu, adieu, mon doux ami... Hélas ! j'achève de vivre comme j'ai commencé. J'en dis trop peut-être en ce moment où le cœur ne déguise plus rien... Eh ! pourquoi craindrais-je d'exprimer tout ce que je sens ? Ce n'est plus moi qui te parle ; je suis déjà dans les bras de la mort. Quand tu verras cette lettre, les vers rongeront le visage de ton amante, et son cœur où tu ne seras plus. Mais mon âme existerait-elle sans toi ? sans toi quelle félicité goûterais-je ? Non, je ne te quitte pas, je vais t'attendre. La vertu qui nous sépara sur la terre nous unira dans le séjour éternel. Je meurs dans cette douce attente : trop heureuse d'acheter au prix de ma vie le droit de t'aimer toujours sans crime, et de te le dire encore une fois !

Jean-Jacques ROUSSEAU,
Julie ou La Nouvelle Héloïse, 1761.

Texte C

Le roman s'achemine vers son dénouement. La présidente de Tourvel s'est retirée dans un couvent et dépérit de chagrin et de remords.

Lettre CLXI
La présidente de Tourvel à...
(Dictée par elle et écrite par sa Femme de chambre.)

Être cruel et malfaisant, ne te lasseras-tu point de me persécuter ? Ne te suffit-il pas de m'avoir tourmentée, dégradée, avilie ? veux-tu me ravir jusqu'à la paix du tombeau ? Quoi ! dans ce séjour de ténèbres où l'ignominie m'a forcée de m'ensevelir, les peines sont-elles sans relâche, l'espérance est-elle méconnue ? Je n'implore point une grâce que je ne mérite point : pour souffrir sans me plaindre, il me suffira que mes souffrances n'excèdent pas mes forces. Mais ne rends pas mes tourments insupportables. En me laissant mes douleurs, ôte-moi le cruel souvenir des biens que j'ai perdus. Quand tu me les as ravis, n'en retrace plus à mes yeux la désolante image. J'étais innocente et tranquille : c'est pour t'avoir vu que j'ai perdu le repos ; c'est en t'écoutant que je suis devenue criminelle. Auteur de mes fautes, quel droit as-tu de les punir ? [...]

Et toi, que j'ai outragé ; toi, dont l'estime ajoute à mon supplice ; toi, qui seul enfin aurais le droit de te venger, que fais-tu loin de moi ? Viens punir une femme infidèle. Que je souffre enfin des tourments mérités. Déjà je me serais soumise à ta vengeance : mais le courage m'a manqué pour t'apprendre ta honte. Ce n'était point dissimulation, c'était respect. Que cette Lettre au moins t'apprenne mon repentir. Le ciel a pris ta cause ; il te venge d'une injure que tu as ignorée. C'est lui qui a lié ma langue et retenu mes paroles ; il a craint que tu ne me remisses une faute qu'il voulait punir. Il m'a soustraite à ton indulgence, qui aurait blessé sa justice.

Impitoyable dans sa vengeance, il m'a livrée à celui-là même qui m'a perdue. C'est à la fois, pour lui et par lui, que je souffre. Je veux le fuir en vain ; il me suit, il est là, il m'obsède sans cesse. Mais qu'il est différent de lui-même ! Ses yeux n'expriment plus que la haine et le mépris. Sa bouche ne profère que l'insulte et le reproche. Ses bras ne m'entourent que pour me déchirer. Qui me sauvera de sa barbare fureur ?

Mais quoi ! c'est lui... Je ne me trompe pas ; c'est lui que je revois. Oh ! mon aimable ami ! reçois-moi dans tes bras ; cache-moi dans ton sein : oui, c'est toi, c'est bien toi ! Quelle illusion funeste m'avait fait te méconnaître ? combien j'ai souffert dans ton absence ! Ne nous séparons plus, ne nous séparons jamais. Laisse-moi respirer. Sens mon cœur, comme il palpite ! Ah ! ce n'est plus de crainte, c'est la douce émotion de l'amour. Pourquoi te refuser à mes tendres caresses ? Tourne vers moi tes doux regards ! Quels sont ces liens que tu cherches à rompre ? pourquoi prépares-tu cet appareil de mort ? qui peut altérer ainsi tes traits ? que fais-tu ? Laisse-moi : je frémis ! Dieu ! c'est ce monstre encore ! Mes amies, ne m'abandonnez pas. Vous qui m'invitiez à le fuir, aidez-moi à le combattre ; et vous qui, plus indulgente, me promettiez de diminuer mes peines, venez donc auprès de moi. Où êtes-vous toutes deux ? S'il ne m'est plus permis de vous revoir, répondez au moins à cette Lettre ; que je sache que vous m'aimez encore.

Laisse-moi donc, cruel ! quelle nouvelle fureur t'anime ? Crains-tu qu'un sentiment doux ne pénètre jusqu'à mon âme ? Tu redoubles mes tourments ; tu me forces de te haïr. Oh ! que la haine est douloureuse ! comme elle corrode le cœur qui la distille ! Pourquoi me persécutez-vous ? que pouvez-vous encore avoir à me dire ? ne m'avez-vous pas mise dans l'impossibilité de vous écouter comme de vous répondre ? N'attendez plus rien de moi. Adieu, Monsieur.

CHODERLOS DE LACLOS,
Les Liaisons dangereuses, 1782.

TRAVAUX D'ÉCRITURE

I. Question d'ensemble

Vous répondrez à la question suivante : quelles sont les similitudes et les différences entre les trois textes du corpus ?

II. Sujets d'écriture

1. Commentaire. Vous ferez le commentaire composé du texte de Laclos.

2. Dissertation. Danceny, s'adressant à la marquise, définit l'entreprise épistolaire en ces termes : « Mais une Lettre est le portrait de l'âme. Elle n'a pas, comme une froide image, cette stagnance [stagnation] si éloignée de l'amour ; elle se prête à tous nos mouvements : tour à tour elle s'anime, elle jouit, elle se repose… » (CL). Vous vous demanderez si une telle conception rend compte avec pertinence du fonctionnement du roman par lettres. Vous vous appuierez sur les textes proposés et sur des exemples précis empruntés aux œuvres que vous connaissez.

3. Invention. En réponse à Julie, Saint-Preux s'abandonne à la douleur de renoncer à son amour en une forme de lettre-réquisitoire.

2. PISTES DE TRAVAIL

QUESTION D'ENSEMBLE

Le corpus réunit trois romans épistolaires du XVIIIe siècle. Les *Lettres persanes* de Montesquieu entrelacent deux veines distinctes : les correspondances entre deux Persans séjournant en Europe et échangeant entre eux et avec ceux restés en Perse leurs impressions faussement naïves, en vertu du principe de la distance critique. Mais l'ouvrage doit aussi son succès à l'exotisme des lettres, notamment celles de la fin qui ont pour sujet les affaires du sérail d'Usbek. C'est dans ce contexte que s'inscrit la lettre CLXI : après la mort du Grand Eunuque, qui faisait régner l'ordre masculin en l'absence du maître des lieux, les intrigues et les dérèglements amoureux vont bon train à Ispahan, comme le rapporte Solim, fidèle esclave, à son maître (CLIX). Le roman polyphonique* de Rousseau met en scène, quant à lui, l'amour indéfectible mais interdit entre Julie d'Étanges et son précepteur, Saint-Preux, dans une famille noble de Vevey. Devant l'impossibilité de leur union, à laquelle s'oppose monsieur d'Étanges, les deux jeunes gens, impuissants, méditent alors à travers une longue correspondance, sur les tourments de « l'âme sensible ». Ils deviennent amants, puis se séparent définitivement : Saint-Preux séjourne à Paris et Julie, sur les injonctions de son père, épouse M. de Wolmar. Le jeune homme sillonne le monde pour tromper son désespoir, avant de connaître le chagrin de perdre Julie.

1. Une déclaration d'amour testamentaire

Les lettres choisies, écrites toutes trois par des femmes qui se trouvent au seuil de la mort, ont en commun d'être les fragments ultimes d'une correspondance amoureuse. Julie va être emportée par sa maladie, Mme de Tourvel dépérit de chagrin et Roxane se donne la mort. La lettre n'est donc pas ici le lieu d'un échange d'informations, mais sert de support à une libre expression des sentiments (forte présence du lexique affectif), tournant parfois au discours passionnel.

Dans la mesure où la lettre est assurée de rester sans réponse, le dialogue engagé avec l'amant n'en est plus vraiment un. Celle de la présidente, bien qu'écrite à l'attention de Valmont, est même dépourvue de destinataire et tend au soliloque*. On relève toutes les marques de l'interlocution : marques de la deuxième personne, rhétorique* interrogative, formules d'adresse neutres (« Monsieur ») ou affectives (« mon bon ami » chez Rousseau, « mon aimable ami » ou « Être cruel et malfaisant » chez Laclos) qui sont toutefois absentes chez Montesquieu.

Même si chacune de ces lettres sonne comme une dernière déclaration d'amour, la relation qui se tisse entre les épistoliers n'est pas de même nature. Julie est dans le rêve d'une fusion *post mortem* et dans l'idéal d'un amour plus fort que la mort : elle substitue à leur « réunion » ici-bas une union « dans le séjour éternel », comme l'indique l'encadrement de la lettre. Si le corps périssable est déjà dévoré par les vers, l'âme aimante est assurée de l'immortalité : c'est ainsi que Julie, dans ces circonstances solennelles, renouvelle à Saint-Preux son serment d'amour. La relation entre la présidente et Valmont, fortement ambivalente, oscille entre la proximité et la distance, entre « la douce émotion de l'amour » et la « haine [...] douloureuse » (voir commentaire composé) et se solde par une rupture définitive, par l'anéantissement de toute espérance (« N'attendez plus rien de moi. Adieu, Monsieur »). Cette ambivalence prononcée structure également la lettre de Roxane selon un véritable rapport de forces : les « transports de l'amour » laissent place en réalité à « toute la violence de la haine ». Non seulement les rôles s'inversent, selon la logique de l'arroseur arrosé (« tu me croyais trompée, et je te trompais »), mais par l'audace de son aveu, la femme se soumet désormais celui dont elle était l'esclave soumise et fait de lui son débiteur (« Tu devrais me rendre grâces encore du sacrifice que je t'ai fait »). L'aveu remplit cependant son office cathartique*, il libère Roxane de sa haine qui s'affaiblit pendant que la vie la quitte.

2. Un pacte de sincérité

Les trois personnages nouent implicitement avec elles-mêmes et avec le destinataire un pacte de sincérité. À un moment « où le cœur ne déguise rien » (texte B), il s'agit de se mettre à nu, de se montrer sans fard aux yeux de l'amant et à la face du Ciel. La lettre s'apparente ainsi à un confessionnal et l'écriture à un examen de conscience chez Rousseau et chez Laclos : Julie dresse le bilan apaisé de son passé honorable et de sa vie vertueuse ; se présentant comme déjà morte à la vie par ses innombrables sacrifices, elle accueille la mort comme une délivrance mettant les pécheurs à l'abri des périls à venir. Résignée à son sort, elle demande à Saint-Preux, par la modalité injonctive, de se plier lui aussi au « bienfait du ciel », d'accepter dans la « joie » la justice rendue par « une main plus sage » que celle des hommes. La présidente, en revanche, est en proie aux tourments et aux remords : elle se présente à Valmont comme victime et coupable et, devant Dieu, comme une pécheresse repentante.

Alors que les deux amantes s'en remettent à la justice de Dieu, la maîtresse d'Usbek, occultant la présence divine, se fait justice elle-même : elle dispose ainsi librement de son existence en se donnant la mort et en assumant pleinement son geste : elle se voit mourir, comme le montre le glissement du futur proche (« Je vais mourir ») aux présents d'énonciation (« Je meurs » et « Je me meurs »), et décrit froidement la progressive désertion de la vie (rythme ternaire final). Le choix d'une mort lente et imminente, par empoisonnement, confère à ses propos un caractère plus définitif encore. Sa lettre est une confession laïcisée faite au maître du sérail et non au Seigneur, une révélation qui vient clore les *Lettres persanes* sur un temps fort. L'exil d'Usbek permet en effet l'émancipation de ses femmes, et de Roxane en particulier. Celle-ci entend y tenir, pour la dernière fois, « un langage nouveau » qui la démasque et pourfend le règne des apparences illusoires. Sa lettre s'ouvre sur une affirmation tranchée : la femme plaide coupable et clame haut et fort son infidélité renouvelée. Chacune de ses déclarations est construite sur une opposition entre les apparences et la réalité, que fédère l'antithèse* majeure entre « servitude » et « indépendance ».

3. Des enjeux divergents

Du reste, les enjeux de ces trois lettres ne sont pas strictement identiques. Tout entier dominé par la souffrance, le délire pathétique* de Mme de Tourvel est une pièce supplémentaire à verser au dossier des noirceurs de Valmont : sa complainte ne fait que confirmer les dangers des liaisons. La lettre de Julie est empreinte de la morale rousseauiste : sublimation de la mort, dépassement de soi dans les vertus du devoir conjugal et dans le bonheur domestique. L'abnégation féminine est telle que, détachée d'elle-même et se désignant par la troisième personne, Julie n'est que compassion pour l'amant endeuillé. Sa lettre a d'ailleurs une valeur testamentaire : elle engage Saint-Preux à prendre femme et lui confie ses enfants. L'héritage qu'elle lui lègue, sa descendance, est gage pour elle de résurrection. Ses proches réunis en une nouvelle famille seront ainsi l'instrument de son immortalité, la réincarnation de la défunte en « un nouvel être ».

Le roman de Montesquieu s'achève de manière emblématique sur un discours libertaire, aux accents féministes. Comme Mme de Merteuil plus tard, Roxane adopte une attitude de défi face aux conventions sociales et aux lois qui régissent le sérail, auxquelles elle oppose un « Non » farouche et déterminé ; comme la marquise, elle a recours au silence pour déguiser ses agissements répréhensibles. Elle a ainsi réussi à transformer l'austère et cruel sérail en un lieu « de délices et de plaisirs », opposant aux « caprices » et « fantaisies » de son maître la béatitude conquise de haute main. Dans cette conquête de la sensualité et de l'érotisme, elle a sa part active : c'est elle qui séduit les eunuques et qui se joue d'Usbek. Dans cette revendication de liberté se lit aussi en filigrane le droit à un amour partagé, la volonté sans doute d'allier les désirs aux sentiments de tendresse et de fidélité. Ainsi, la dénonciation des abus politiques, à travers le regard des Persans exilés, croise très explicitement, et de manière métaphorique, les dérapages autoritaires entre hommes et femmes.

COMMENTAIRE

Mme de Tourvel s'est retirée au couvent, où elle dépérit à vue d'œil, rongée par l'amour coupable qu'elle éprouve pour Valmont. Les parentes douairières s'échangent des bulletins de santé alarmistes concernant le déclin de la malheureuse. La lettre CLXI a été interceptée par Mme de Volanges, qui l'adresse à Mme de Rosemonde, afin qu'elle puisse juger de l'état affligeant de la dévote. Cette lettre allographe, dictée vers minuit à la femme de chambre, sans mention de destinataire, restera donc en suspens. Il s'agit de la dernière trace que Mme de Tourvel laissera d'elle, de son dernier témoignage écrit trois jours avant sa mort. La charge pathétique* de la lettre redoublera donc le récit pathétique* de sa disparition. La clé de lecture du texte est contenue dans le commentaire de Mme de Volanges qui y voit le « désordre des idées » de la malade.

Trois axes de lecture se dégagent avec force : le libre soliloque*, la relation ambivalente avec Valmont, le motif de la rédemption.

1. Le soliloque

La lettre de Mme de Tourvel oscille entre le dialogue irraisonné avec Valmont et le soliloque* le plus débridé. Il faudrait commenter la manière dont le destinataire implicite est constamment impliqué (jeu des pronoms personnels, apostrophes, questions rhétoriques*, impératifs). La lettre privilégie essentiellement la fonction expressive* et émotive du langage : en vertu d'un pacte de sincérité, la présidente, alitée, épanche sans retenue ses sentiments confus et inavouables, elle laisse libre cours au désordre de sa conscience. La rhétorique* épistolaire mime ainsi le jaillissement spontané des idées délirantes et le flux de pensées contradictoires à travers la suprématie de la modalité interrogative et exclamative et la brièveté syntaxique. Le rythme saccadé des phrases, signe tangible d'une émotion débordante, ne s'apaise qu'à la fin de la lettre.

2. L'ambivalence des sentiments

Ce désordre reflète également la relation ambivalente entre la présidente et Valmont. Le jeu des pronoms personnels suffirait presque à en résumer les termes. Alors que le vouvoiement est de rigueur entre eux, c'est le tutoiement qui domine ici. Avant de revenir à l'emploi du « vous », Mme de Tourvel, dans son délire, désigne Valmont par les marques de la troisième personne. La distance est à cet instant maximale, alors même qu'elle évoque, à travers la gradation*, l'image obsédante de celui qui la torture : « C'est à la fois, pour lui et par lui, que je souffre. Je veux le fuir en vain ; il me suit, il est là, il m'obsède sans cesse. » La présidente se présente comme la victime d'une persécution, ce qu'indique encore l'encadrement de la lettre. Et pourtant, la lettre dessine, en guise de consolation provisoire, l'image éphémère d'un couple réconcilié. Mme de Tourvel emploie alors le pronom de la première personne « nous », elle exhorte son interlocuteur imaginaire autant qu'elle-même à une fusion (« Ne nous séparons plus, ne nous séparons jamais »), faisant miroiter comme un mirage la possibilité d'une félicité amoureuse.

L'image de l'autre est sans cesse altérée : la malheureuse imagine un Valmont tour à tour distant et empli de sollicitude à son endroit, qui l'embrasse pour mieux la « déchirer », qui l'accueille sur son sein protecteur puis se montre soudainement froid. Elle-même l'appelle et le congédie tout à la fois. La fin de la lettre est tout à fait explicite à cet égard : par deux fois, elle le conjure de la « laisser » et la modalité injonctive culmine dans la prise de congé finale qui annule tout espoir et opère un brusque retour à la raison : « N'attendez plus rien de moi. Adieu,

Monsieur ». Le revirement des sentiments est très net, mais l'intensité de la souffrance toujours la même : haïr l'autre, à son corps défendant, est l'ultime torture que subit l'amante.

3. L'espoir d'une rédemption

La souffrance est en effet omniprésente, et le champ lexical écrasant qui s'y rapporte permet de distinguer entre les douleurs corporelles aiguës mais supportables et les affres du tourment moral. La lettre remplit peut-être à cet égard une fonction cathartique* et, dans une perspective théologique, une fonction d'absolution. Mme de Tourvel convoque deux tribunaux, celui des hommes et celui de Dieu. Devant Valmont, qu'elle érige paradoxalement en juge et bourreau (il est le « monstre », l'« être cruel et malfaisant »), elle plaide coupable, tout en se présentant comme la victime du marquis : c'est lui qui est l'« auteur de [ses] fautes », qui a fait de l'« innocente » qu'elle était une « criminelle ». Désespérée, elle implore le secours moral de ses amies, Mme de Volanges et plus particulièrement Mme de Rosemonde, pour la sauver de Valmont. En quête de pardon, elle se présente ensuite comme une « femme infidèle » devant le mari qu'elle a offensé, implorant avec une insistance masochiste sa punition et non sa clémence. La mort est vécue dans cette perspective comme un juste châtiment (« Il m'a soustraite à ton indulgence, qui aurait blessé sa justice ») et comme une délivrance mettant fin à la géhenne[1]. Dans cet ultime examen de conscience, la présidente s'en remet enfin au souverain juge : en pécheresse repentante et indigne, elle se plie à la volonté divine, réclamant non pas la miséricorde du « ciel », mais sa « vengeance [...] impitoyable ».

Cette lettre ultime de Mme de Tourvel confirme la marche du roman vers son dénouement. Les événements s'enchaînent en effet rapidement : le couple libertin est puni à son tour, Valmont

1. Géhenne : enfer.

meurt dans un duel avec Danceny, ce qui porte un coup fatal à la présidente. Le récit de sa mort par Mme de Volanges constituera avec la lettre CLXI un diptyque pathétique*. La complexité psychologique du personnage et sa dimension sublime confinant au tragique racinien expliquent la fascination qu'a exercée la présidente sur les contemporains de Laclos et sur des générations de critiques : sa présence est le gage d'un renouvellement réussi du roman libertin.

DISSERTATION

Le sujet propose une formulation naïve de la rhétorique* épistolaire, par la voix d'un personnage qui n'est pas encore initié aux lois du libertinage.

1. L'illusion d'un jaillissement spontané

C'est cette spontanéité qui a d'abord séduit le public, sur le modèle des confessions passionnelles des *Lettres portugaises* du comte de Guilleragues. La lettre serait un médium transparent, gage de sincérité ; elle épouserait les mouvements du cœur et la courbe des humeurs changeantes. Une telle conception signifie que l'on croit en l'authenticité du langage. Les lettres de Cécile et de Danceny en sont l'illustration caricaturale : les deux jeunes gens laissent libre cours à leurs émotions, et le rythme même de la lettre s'en ressent. La rhétorique* épistolaire vise à conforter une telle illusion : la polyphonie* chez Montesquieu, Rousseau et Laclos produit une variété de styles et/ou de points de vue qui accrédite cet effet de réel. Les déclarations préfacielles y insistent d'ailleurs, notamment celles de Laclos.

2. Une stratégie de séduction

Mais c'est oublier que la lettre entre dans une stratégie de séduction. C'est dans ce sens que vont les leçons d'écriture de Mme de Merteuil. La libertine engage ses correspondants à se soucier du destinataire et de l'effet à produire, plus que de soi. Sont privilégiées ici les fonctions conative* et phatique* du langage, et non la fonction expressive* à laquelle Danceny réduisait l'écriture épistolaire. Dans l'éthique libertine, la lettre vaut manipulation et la manière de formuler les choses l'emporte sur le contenu lui-même. Elle s'apparente en ce sens à de véritables morceaux d'éloquence oratoire, à des textes qui multiplient les niveaux de sens (ironie*, persiflage, calembours*).

3. L'architecture du roman épistolaire

Enfin, chaque lettre participe de l'architecture romanesque, celle du roman épistolaire. Les lettres ne sont pas des morceaux isolés, mais apportent chacune une pièce supplémentaire à l'édifice d'ensemble. L'agencement des lettres n'est pas fortuit et le découpage narratif en parties (quatre chez Laclos, six chez Rousseau) le montre bien. La disposition et l'enchaînement des lettres sont particulièrement significatifs dans *Les Liaisons dangereuses* : on relève des sous-ensembles, des diptyques, des revirements d'ordre théâtral, bref un ordre étudié qui endigue le jaillissement spontané de certaines missives. Il se dessine alors une progression proprement romanesque (trajet de Valmont amoureux, perdition de la présidente, régression de Cécile, etc.).

Ainsi, loin d'être un médium transparent, la lettre requiert une véritable interprétation, à la fois dans le déroulement de son texte et dans sa combinaison avec d'autres lettres. Elle érige le lecteur en herméneute accompli.

INVENTION

La lettre devra tenir compte des lois du genre : disposition particulière, formules d'adresse et de congé, datation précise. Il faudra veiller à impliquer la destinataire (marques de la seconde personne, apostrophes, rhétorique* interrogative, modalité injonctive). En outre, Julie n'est peut-être plus de ce monde et Saint-Preux s'adresse autant à lui-même qu'à celle qu'il aime (soliloque* ou monologue). Enfin, le choix des arguments ne doit pas être laissé au hasard : le précepteur va devoir contrer tous les arguments raisonnables que Julie fait miroiter (le bonheur domestique) et réfuter les raisons invoquées pour alléger la douleur de sa disparition (consolation d'une vie éternelle). Il faudra croiser diverses tonalités. Saint-Preux peut en effet laisser libre cours à son chagrin (tonalité pathétique*) et regretter le passé (tonalité élégiaque). Mais il peut aussi s'insurger, à travers une tonalité polémique, contre le poids des convenances qui ont été des obstacles à son union avec Julie. Il proposera alors une vision nouvelle de l'amour libéré des contraintes sociales, et sa conception propre de la mort.

3. LECTURE D'IMAGE

En confrontant *Le Verrou* de Fragonard et le frontispice du roman (voir encart iconographique, pages I et VIII) , on pourra mettre en valeur deux lectures très distinctes de l'œuvre, l'une libertine et l'autre édifiante, l'une réaliste et l'autre allégorique. On peut aussi dégager tous les éléments susceptibles de conférer une énergie à la scène. La posture des personnages, éminemment expressive, suggère un mouvement valant dramatisation. Dans *Le Verrou*, l'homme incarne la position de celui qui s'apprête à violer sa victime non consentante : d'une main, il maintient la femme sous son joug ; de l'autre, il referme la porte qu'il a sans doute forcée. La symbolique de la porte, seuil franchi pour pénétrer l'intimité féminine, et la symbolique du titre ont une connotation sexuelle évidente. Quant à la femme, elle se cabre pour signifier sa résistance, une résistance dont le désir masculin aura raison. La toile obéit à une composition rigoureuse qui met en parallèle trois éléments et trois espaces : le lit à baldaquin à gauche, le couple au centre et la porte à droite. L'enjeu sera bien sûr d'opérer un déplacement vers la gauche, pour emmener la malheureuse vers le lit et lui arracher sa vertu. La scansion des couleurs ajoute à la dynamique du tableau et se réduit essentiellement à un contraste chromatique entre le blanc de la virginité et le rouge du sang (bien sûr le sang de la défloration).

Dans la gravure qui sert de frontispice, la verticalité et l'horizontalité des lignes résument le combat entre la vertu et le vice. L'innocence (la présidente de Tourvel) se redresse pour terrasser de ses rayons Valmont, qui gît à terre auprès de son épée, et pour chasser Mme de Merteuil qui ressemblerait presque à une Ève chassée du paradis. Les masques de l'hypocrisie tombent ; les lettres, cause du malheur, sont éparpillées et l'agneau qui symbolise l'innocence de Tourvel remporte une victoire sur le serpent associé à la marquise. Les gestes suspendus et la représentation des passions sur les visages produisent une théâtralisation qui rend la leçon morale proprement éloquente.

Les autres pictogrammes permettent de cerner les relations de domination et d'assujettissement qui s'établissent d'une part entre le libertin et ses victimes féminines et d'autre part à l'intérieur même du couple des roués. Pour approcher ses victimes, le vicomte emploie les méthodes douces, d'insinuation et de séduction par la parole : l'image du film de Stephen Frears montre un Valmont caressant, chuchotant à l'oreille de la présidente (voir encart iconographique page II). Mais le libertin emploie aussi les grands moyens, le rapt et le viol, comme l'indique la photographie extraite du film de Roger Vadim : cette fois, l'homme empoigne sa victime pour la soumettre à son désir impérieux (voir encart iconographique page III). Dans les deux cas, il importe au chasseur de traquer sa proie, de s'en approcher au plus près. La même logique prévaut dans le couple libertin : dans le film de Stephen Frears, on les voit assis dans un salon, échafaudant leurs intrigues et leurs plans comme s'il s'agissait d'un jeu mondain de société (voir encart iconographique page VII). Liés par un jeu de manigance mais aussi par les liens du désir et de la séduction érotique, ils se font face dans le film de Vadim (voir encart iconographique page VI) ; rappelons qu'ils sont mariés dans cette version cinématographique. La distance qui s'établit entre eux, bien que minime, sera cependant infranchissable : les deux roués sont tenus par un pacte indéfectible et pourtant irréalisable, par un amour révolu et indéfiniment convoité.

GLOSSAIRE

Abyme (mise en) : enchâssement d'un motif ou d'un récit secondaire dans le récit principal.

Ad hominem (argument, effet) : argument valant attaque contre l'adversaire.

Adjuvant : dans le schéma actantiel, qui définit les personnages de théâtre par leur rôle dans l'action dramatique et leurs rapports avec les autres protagonistes, l'adjuvant est l'allié ou l'auxiliaire du sujet dans sa quête.

Agon (jeu **agonistique**) : conception grecque du jeu fondé sur la rivalité et la mise à mort.

Allégorie : évocation imagée et concrète d'une idée abstraite ou d'une valeur, par personnification.

Anagramme : formation d'un mot nouveau par transposition partielle ou complète des lettres d'un autre mot.

Antiphrase : procédé fréquent de l'ironie qui consiste à employer un mot ou une expression dans le sens contraire au sens suggéré.

Antithèse (**antithétique**) : figure de style fondée sur l'opposition entre deux termes ou deux propositions.

Apocryphe : se dit d'un texte qui n'est pas authentique, dont l'origine est falsifiée.

Apologue : bref récit illustrant une vérité, le plus souvent une morale.

Aposiopèse : interruption brusque du discours, sous l'effet d'une émotion ou d'une hésitation.

Bienséances : conventions interdisant dans le théâtre classique la représentation de scènes ou de paroles choquantes (la mort sanglante par exemple).

Calembour : jeu de mots fondé sur des mots aux sonorités proches mais différant par le sens.

Captatio benevolentiae : dans l'art oratoire, procédés visant au début d'un discours à capter la bienveillance de l'auditoire.

Catharsis : dans la tragédie grecque antique puis dans la tragédie classique, fonction théâtrale qui consiste à purifier les passions du spectateur en les représentant sur scène, de façon à susciter la crainte et la pitié.

Clausule : dernière partie d'un vers, d'une strophe, et par extension formule de fin.

Conative (**fonction**) : ou **fonction injonctive**. Dans les fonctions du langage distinguées par le linguiste Jakobson, l'énonciation est centrée sur le destinataire sur lequel on fait pression.

Connotation : signification secondaire et implicite d'un mot ou d'un texte.

Didascalies : au théâtre, indications scéniques sur le jeu des acteurs ou sur les effets de mise en scène.

Digression : dans un récit, écart par rapport au cours de l'intrigue principale.

Écholalie : répétition de la dernière syllabe d'un mot, du dernier mot ou de la dernière phrase, produisant un effet d'écho.

Ellipse (**narrative**) : omission volontaire de certains éléments pour obtenir un récit condensé et laconique.

Émetteur : locuteur, personne qui produit un énoncé oral ou écrit.

Encomiastique : propre à exprimer l'éloge.

Épigraphe : citation placée en exergue au début d'une œuvre ou d'un chapitre.

Épilogue : dénouement, conclusion de l'histoire par un texte narratif.

Épître : lettre, puis lettre en vers.

Euphémisme : figure d'atténuation qui consiste à déguiser des idées désagréables sous un autre mot.

Exorde : préambule d'un discours dans la rhétorique antique.

Expressive (**fonction**) : ou fonction émotive. Dans les fonctions du langage distinguées par le linguiste Jakobson, l'énonciation est centrée sur le locuteur.

Focalisation : angle selon lequel sont rapportés des événements, point de vue. Elle peut être à double foyer (bifocale) ou à foyers multiples (plurifocale).

Gradation : figure d'amplification qui consiste en une succession de mots classés par ordre croissant ou décroissant.

Hybris : démesure du personnage principal dans la tragédie antique, qui lui vaut punition divine.

Hypocoristique : propre à exprimer une intention affectueuse.

Hypotypose : récit ou description dont la vivacité et l'énergie mettent les choses sous les yeux, comme s'il s'agissait d'une image, d'un tableau.

Idiolecte : utilisation personnelle d'une langue par un seul individu.

In medias res (**début**) : procédé qui consiste à commencer en plein milieu d'une action ou d'un dialogue, sans mise en situation préalable.

Injonction (phrase **injonctive**) : action d'ordonner expressément quelque chose.

Intertexte : texte modèle, implicite ou explicite, qui sert de référence et d'horizon d'attente.

Ironie : procédé qui consiste à suggérer le contraire de ce que l'on affirme ou de ce que l'on pense pour dévaloriser le point de vue adverse.

Litote : figure d'atténuation qui consiste à dire le moins pour suggérer le plus.

Métalinguistique (fonction) : dans les fonctions du langage distinguées par le linguiste Jakobson, l'énonciation est centrée sur la langue.

Métonymie : figure de substitution qui désigne une chose par une autre en vertu d'une relation de contiguïté.

Monologue : au théâtre, scène où un personnage seul prend la parole. Plus généralement, long discours d'un personnage qui confisque la parole à son interlocuteur.

Monosémie : se dit d'un mot ou d'un texte possédant un seul niveau de signification.

Omniscience : privilège de tout connaître.

Onomastique : science des noms propres.

Opposant : dans le schéma actantiel, qui définit les personnages de théâtre par leur rôle dans l'action dramatique et leurs rapports avec les autres protagonistes, l'opposant fait obstacle à la quête du sujet.

Pastiche : imitation souvent ironique ou humoristique de la langue et du style d'un auteur.

Pathétique : tonalité propre à émouvoir, à susciter la compassion.

Performatif (énoncé) : selon le théoricien anglo-saxon Austin, énoncé qui conçoit le langage comme un acte, où dire, c'est faire.

Période : longue phrase oratoire, se déployant par groupements harmonieux.

Péripétie : temps fort d'une action théâtrale ou romanesque.

Périphrase : figure qui consiste à substituer au mot propre un groupe de mots.

Péritexte : ensemble de textes périphériques disposés autour du texte principal, ici le roman lui-même.

Personnification : figure de style qui consiste à représenter une idée ou une chose inanimée sous les traits d'une personne.

Phatique (fonction) : dans les fonctions du langage distinguées par le linguiste Jakobson, l'énonciation est centrée sur le contact entre les interlocuteurs.

Poétique (fonction) : dans les fonctions du langage distinguées par le linguiste Jakobson, l'énonciation est centrée sur le message lui-même.

Polyphonie : terme emprunté à l'écriture musicale pour désigner l'entrelacement des voix.

Polysémie : se dit d'un mot ou d'un texte possédant plusieurs niveaux de signification.

Présent de narration : présent employé dans un récit au passé pour rendre les faits relatés plus vivants et plus proches.

Récepteur : destinataire d'un énoncé.

Rhétorique : ensemble des règles de l'art oratoire.

Rythme binaire : scansion d'un vers ou d'une phrase en deux temps.

Rythme ternaire : scansion d'un vers ou d'une phrase en trois temps.

Schéma actantiel : voir **Adjuvant**.

Sème : unité minimale de sens.

Signifiant : forme sonore et visible du mot considéré comme un signe.

Signifié : sens du mot considéré comme un signe.

Sociolecte : utilisation d'une langue par une classe sociale ou une communauté aux valeurs communes.

Soliloque : discours d'une personne se parlant à elle-même.

BIBLIOGRAPHIE

BIOGRAPHIE

• Georges POISSON, *Choderlos de Laclos ou l'Obstination*, Paris, Grasset, 1985. Biographie exhaustive qui dépasse l'ouvrage ancien d'Émile Dard, *Le Général Choderlos de Laclos, auteur des* Liaisons dangereuses *(1741-1803)*, 1905.

ÉTUDES SUR LACLOS ET SUR *LES LIAISONS DANGEREUSES*

• Paul-Laurent ASSOUN, Joël ASKÉNAZI, Enrique SEKNADJE-ASKENAZI *et al.*, Les Liaisons dangereuses *: la passion amoureuse, Analyses et réflexions*, Paris, Ellipses, 1991. Articles s'intéressant essentiellement aux stratégies amoureuses du libertinage.

• Pierre BAYARD, *Le Paradoxe du menteur. Sur Laclos*, Paris, Éditions de Minuit, 1993. Laclos à l'aune de l'interprétation psychanalytique.

• *Laclos. Critical Approaches to* Les Liaisons dangereuses, éd. Lloyd R. Free, Madrid, « Studia humanitatis », J. Porrúa Turanzas, 1978.

• *Les Liaisons dangereuses, Choderlos de Laclos*, CAPES, agrégation lettres, dir. Jean-Louis TRITTER, Paris, Ellipses, 1998.

• Hend BELHADJ, *Lexique et grammaire de l'amour dans* Les Liaisons dangereuses *de Choderlos de Laclos*, Villeneuve d'Ascq, Presses universitaires du Septentrion, 2000.

• Colette CAZENOBE, *Le système du libertinage de Crébillon à Laclos, Studies on Voltaire and the Eighteenth Century*, t. 282, Oxford, The Voltaire Foundation, 1991.

• Michel DELON, *Laclos, Les Liaisons dangereuses*, Paris, PUF, « Études littéraires », 1992. Présentation pédagogique par l'un des spécialistes de Laclos.

• André et Yvette DELMAS, *À la recherche des* Liaisons dangereuses, Paris, Mercure de France, 1964. Un ouvrage classique sur la réception du roman.

• Anne DENEYS-TUNNEY, *Écritures du corps. De Descartes à Laclos*, Paris, PUF, 1992. Une étude stimulante sur l'ascèse corporelle comme quête de spiritualité dans la méthode libertine.

• Béatrice DIDIER, *Choderlos de Laclos.* Les Liaisons dangereuses *: pastiches et ironie*, Paris, Éditions du temps, « Lectures d'une œuvre », 1998. Étude pédagogique de l'écriture subversive des épistoliers.

Eighteenth Century Life, n° 14, mai 1990. Sur les adaptations cinématographiques du roman.

• Jean FABRE, « *Les Liaisons dangereuses*, roman de l'ironie », *Idées sur les romans. De Mme de Lafayette à Sade*, Paris, Klincksieck, 1979.

• Biancana FONTANA, *Politique de Laclos*, Paris, Kimé, 1996. Étude synthétique de l'œuvre de Laclos.

• Jean GOLDZINK, *Le Vice en bas de soie ou le Roman du libertinage*, Paris, Éditions de Minuit, 2001. *Les Liaisons dangereuses* en tant que critique du libertinage aristocratique.

• Pierre HARTMANN, « Laclos ou le contrat méconnu », *Le Contrat et la Séduction. Essai sur la subjectivité amoureuse dans le roman des Lumières*, Paris, Champion, 1998.

• Brigitte E. HUMBERT, *De la lettre à l'écran :* Les Liaisons dangereuses, Amsterdam-Atlanta, Rodopi, 2000.

• Caroline JACOT-GRAPA, Les Liaisons dangereuses *de Choderlos de Laclos*, Paris, Gallimard, « Foliothèque », 1997. Analyse pédagogique du roman, accompagnée d'un dossier fourni sur la génétique textuelle.

• Anne-Marie JATON, *Le Corps de la liberté. Lecture de Laclos*, Vienne, L'Âge d'homme-Karolinger, 1983. Sur le discours féministe de Laclos.

• *Laclos. Revue d'histoire littéraire de la France*, juillet-août 1982. Six contributions réunissant études formelles et études stylistiques.

• *Laclos et le libertinage, 1782-1982*, Actes du colloque du bicentenaire des *Liaisons dangereuses* [Chantilly, 1982], Paris, PUF, 1983. 21 études des formes et des significations du roman du libertinage et inscription de Laclos dans une tradition historique qui prend en compte les prédécesseurs et la postérité.

• Robert MAUZI, « La genèse des *Liaisons dangereuses* », *Lettres et réalités. Mélanges Henri Coulet*, Aix-en-Provence, 1988.

• René POMEAU, *Laclos ou le paradoxe*, Paris, Hachette, 1993. Biographie de Laclos et parcours littéraire des *Liaisons.*

• Georges POULET, « Chamfort et Laclos », *La Distance intérieure. Études sur le temps humain*, II, Plon, 1952. Les tactiques libertines dans leur rapport au temps.

• Jean ROUSSET, « Une forme littéraire : le roman par lettres », *Forme et signification. Essais sur les structures littéraires de Corneille à Claudel*, Paris, José Corti, 1963.

• Jean-Luc SEYLAZ, Les Liaisons dangereuses *et la création romanesque chez Laclos*, Genève, Droz, 1965. A ouvert le champ des études sur la construction épistolaire comme mode de signification symbolique.

• Valérie VAN CRUGTEN-ANDRÉ, « Le roman épistolaire, imitation des *Liaisons dangereuses* », *Le Roman du libertinage, 1782-1815. Redécouverte et réhabilitation*, Paris, Champion, 1997.

• Colette VERGER MICHAËL, *Laclos, les milieux philosophiques et le mal*, Nîmes, Akpagnon, 1985.

• Laurent VERSINI, *Laclos et la tradition. Essai sur les sources et la technique des* Liaisons dangereuses, Paris, Klincksieck, 1968. Étude majeure sur la réécriture des modèles littéraires et du genre épistolaire par Laclos, réévaluation de son rousseauisme.

• Laurent VERSINI, *Le Roman le plus intelligent.* Les Liaisons dangereuses *de Laclos*, Paris, Champion, « Unichamp », 1998. Étude synthétique du roman des roués.

Sur le contexte culturel

• Élisabeth Bourguinat, *Le Siècle du persiflage 1734-1789*, Paris, PUF, 1998.

• Henri Coulet, *Le Roman jusqu'à la Révolution*, Paris, Colin, 1967.

• Michel Delon, *Le Savoir-vivre libertin*, Paris, Hachette-Littératures, 2000.

• Robert Mauzi, *L'Idée du bonheur dans la littérature et la pensée françaises au XVIIIe siècle*, Paris, Albin Michel, 1994.

• Georges May, *Le Dilemme du roman au XVIIIe siècle, 1715-1761*, Paris, PUF, 1963.

• Alain Montandon, *Le Roman au XVIIIe siècle en Europe*, Paris, PUF, 1999.

• Daniel Roche, *La France des Lumières*, Paris, Fayard, 1993.

• Philip Stewart, *Le Masque et la Parole. Le langage de l'amour au XVIIIe siècle*, Paris, José Corti, 1973.

• Laurent Versini, *Le Roman épistolaire*, Paris, PUF, « Littératures modernes », 1979.

CRÉDITS PHOTO : couverture : Ph Hubert Josse © Archives Larbor. – p. I : Ph © Bibliothèque nationale de France. – p. II : © The KOBALcollection. – p. III : Ph Coll. TCD. – p. IV : Ph coll. Archives Larbor. – p. V : Ph © Bibliothèque nationale de France. – p. VI : Ph Coll. TCD. – p VII : © The KOBALcollection. – p. VIII : Ph Hubert Josse © Archives Larbor.

Direction éditoriale : Pascale Magni – *Édition* : Clémence Cornu – *Révision des textes* : Lucie Martinet – *Iconographie* : Clémence Zagorski – *Maquette intérieure* : Josiane Sayaphoum – *Couverture* : Yves Le Ray – *Fabrication* : Jean-Philippe Dore – *Mise en page* : Alpha-Édit – *Photogravure* : IGS.

Imprimé en Espagne par LIBERDUPLEX – N° de projet : 10098451
Dépôt légal : juillet 2003